長編小説

未亡人バスガイド

〈新装版〉

葉月奏太

竹書房文庫

目次

第一章　乱れ堕（お）ちたバスガイド

1

国仲浩介（くになかこうすけ）は緊張気味にハンドルを握っていた。

鮮やかなスカイブルーの観光バスが、千葉県舟丘（ふなおか）市の郊外を走り抜けていく。車体は綺麗（きれい）にワックス掛けされており、夏の陽光を眩（まば）ゆいばかりに反射している。サイドにはシルバーの文字で『Ｆｕｎａｏｋａ　Ｋａｎｋｏ』と入っていた。

浩介は舟丘観光のバス運転手だ。

今年の春に研修期間を終えたばかりの二十二歳。濃紺の制服と制帽がまだ様になっていないが、いずれは馴染（なじ）んでくるだろう。とにかく経験を積んで、少しずつ慣れていくしかなかった。

七月の行楽シーズンに入り、予定がびっしり詰まっている。

今日は貸切で草津(くさつ)温泉への一泊ツアーだ。これから団体客の集合場所に向かい乗車させ、十時には出発して十四時頃目的地に到着する。そのまま一泊して、明日戻ってくるという行程になっていた。

すでに何度か走ったことがあるのでコースは頭に入っている。

とはいえ、運転を楽しむ余裕などあるはずがない。なにしろ乗客の命を預かるのだから、一瞬たりとも気は抜けなかった。

しかも、今日からコンビを組むバスガイドが憧れのあの人だと思うと、なおのこと緊張感が高まってしまう。お客さまを乗せるまでは二人きりだ。先ほどから視界の左隅に、チラチラと彼女の姿が映っていた。

(運転に集中しないと……)

心のなかで自分に言い聞かせる。

ところが、仕事とはいえ憧れの人と一泊すると思うと、胸の鼓動が速くなってしまう。もちろん宿泊する部屋は別々だが、もしかしたら隣同士かもしれないと考えただけで落ち着かなくなる。

(ダ、ダメだ。集中集中)

浩介は頬の筋肉をこわばらせながら、フロントガラスをにらみつけた。両手にはめている白い手袋は、汗でじっとりと湿っていた。

「もう少し肩の力を抜いたら？」

そのとき、ふいに声をかけられてドキッとする。まるで清流のような爽(さわ)やかな響きだった。

赤信号で停車したので、バスガイド専用座席に顔を向ける。その瞬間、視線が重なり、ますます緊張感が高まった。

「うっ……」

浩介は心を鷲摑(わしづか)みにされて、言葉が出なくなっていた。

（ああ、恭子(きょうこ)さん……）

ぼんやりと見つめるだけで、なにも考えられなくなってしまう。仕事とはいえ、彼女とこうして二人きりでいられるだけで幸せだった。

最前列のバスガイド専用座席で微笑(ほほえ)んでいるのは水樹(みずき)恭子。人気と実力がともなうエース的存在のバスガイドだ。包みこむようなやさしさが感じられる表情が印象的で、軽くウェーブのかかった漆黒のロングヘアが輝いていた。

白い半袖(そで)ブラウスに濃紺のタイトスカート、首もとにはスカイブルーのリボンを巻いて頭には制帽を乗せている。バスガイドの制服はほとんどの女性を美しく見せるものだが、それにしてもここまで似合う女性はそうそういないだろう。

スカートの裾から覗く美脚はナチュラルカラーのストッキングに包まれて、斜めにすっと流されている。白い手袋をはめた両手を、太腿の付け根に置いているだけでも上品に見えるから不思議だった。

若いバスガイドにはない落ち着きが、安心感を与えてくれるのかもしれない。三十歳の淑やかな大人の女性だけあって、髪を掻きあげる仕草ひとつとっても、どこか優雅でしなやかに感じられた。

「まだ出発もしてないのに、リラックスしないと」

恭子がにっこりと微笑みかけてくる。

新人運転手の浩介が硬くなっていることに気づいたのだが、その原因が彼女自身にあるとは知るはずもない。しかし、気遣ってもらえるのは素直に嬉しかった。

「そんなに緊張しなくても大丈夫よ。なにかあったら、わたしがフォローするわ。だから安心して」

「は……はい」

浩介は肩を軽くまわして、小さく息を吐きだした。

確かに今からこんなに緊張していたら、目的地まで集中力がつづかなくなる。適度なリラックスも必要だった。

それにしても、この状況ではどうしても意識してしまう。

（恭子さんとコンビを組める日が来るなんて……）

平静を装いながらも、浩介は彼女の全身をさりげなく眺めまわした。

冬服のブレザーならまだしも、夏服では抜群のプロポーションを誤魔化しようがない。腰が蜂のようにくびれているので、乳房の大きさが目立っている。座席に乗せているヒップもむっちりしており、タイトスカートが張り詰めていた。

「信号が変わったわよ」

「あっ、は、はいっ」

慌てて前を向いて、アクセルを踏みこんだ。

完全に恭子に気を取られていた。こんな状態で草津まで運転するのだから先が思いやられる。これまでになく緊張する一日になりそうだった。

「とにかく、絶対に無理だけはしないこと。国仲くんは真面目だから、頑張りすぎないか心配だわ」

「き、気をつけます」

　そうは言ったものの、すでに気合いが空回りしている。

　なにしろ、恭子との出会いがきっかけで、浩介はバスの運転手を志すことになったのだ。その彼女と初めてコンビを組むことになって、平常心を保っていられる自信がなかった。

「国仲くん……」

　再び話しかけられて、横顔に視線を感じた。

「はいっ」

　反射的に背筋が伸びる。前を向いて慎重に運転しながら返事をした。

「お客さまのところに着くまで、少しお話ししましょうか。お互いのこと、多少は知っておいたほうがいいと思うの」

「そ、それって……」

　いったいどういうことだろう。互いのことを知ろうと言われて、勝手に期待感を膨(ふく)らませてしまう。

「お客さまが快適に過ごせるようにするには、ドライバーとガイドの息が合ってないと。わたしたちが上手にコミュニケーションを取ることで、仕事がスムーズに進むんじゃないかしら」

「あ……なるほどです」

納得すると同時に落胆する。恭子が自分に興味を持ってくれたのかと思ったが、完全に仕事上でのことだった。

(まあ、当然だよな……俺のことなんて、相手にするはずないもんな)

胸底で自虐的につぶやいた。

それでも、恭子が憧れの人であるのは変わらない。ずっと彼女のことだけを想いつづけてきたのだから……。

「国仲くんはどうしてドライバーになったの？」

「小さいときからの夢だったんです。バスの運転手になるのが」

浩介はそれだけ言って唇を引き結んだ。

——でも、最初の一歩を踏みだす勇気をくれたのは、恭子さんなんです。

喉もとまで出かかったが、余計なことは言わないほうがいいだろう。どうせ叶うはずのない恋だし、ヘンな奴だと思われたくなかった。

「すごいわ。子供のときの夢を実現したのね」

恭子は感慨深げに頷いた。

「ドライバーはそういう人が絶対に向いてると思うわ」

大したことを言ったつもりはないのに、そこまで感心されるとくすぐったい気持ちになってしまう。

「国仲くんみたいに、子供の頃からの夢を実現して運転手になった人を知っているの。素晴らしいドライバーだったわ」

「そ、そうなんですか……ははは っ」

どうやら彼女の頭には別のドライバーが浮かんでいるらしい。浩介は虚しい笑い声を響かせながら、あの日のことを思いだしていた。


あれは六年前のことだった。

浩介が高校一年のときの社会科見学で、バスに乗って遠出した。どこに行ったのかはまったく記憶にないが、そのときのバスガイドが恭子だったことだけは鮮烈に覚えている。

クラス中の男子が皆そうだったように、浩介も彼女にひと目惚れした。

年上の綺麗なバスガイドは、同級生の女子とは違って芸能人を見るような華やかさがあった。当時二十四歳だった恭子は、直視できないほど光り輝いていた。

しかも、外見が美しいだけではなく、心やさしい大人の女性だった。

目的地に到着したとき、浩介は完全に車酔いしていた。夜更かしして寝不足だったのが原因だろう。最初は恭子を見てテンションがあがっていたが、結局ひどい状態になっていた。

バスが停車すると、すぐトイレに駆けこんだ。洗面所で鏡を見たとき、顔が死人のように蒼白だった。とても社会科見学などできる状態ではなく、バスのなかで休ませてもらうことにした。

普通はこの時間、運転手とバスガイドは休憩を取る。ところが、恭子は食事も摂らずに介抱してくれた。水を飲ませてくれたり、濡れタオルで顔を拭いてくれるのが心地よかった。彼女がそばにいてくれるだけで安心できた。

おかげで社会科見学が終わる頃には、すっかり回復して元気になった。帰り道は酔い止めの薬をもらったので酔わずにすんだ。

緊張しながら礼を言うと、恭子は嬉しそうに微笑んでくれた。

今でも瞼を閉じれば、あのときのやさしげな笑顔をはっきり思いだすことができる。迷惑をかけたのに、最後まで嫌な顔ひとつしなかった。まるで女神のようだった。

――気にしないで。バスガイドはわたしの天職だから。

彼女の声は耳の奥に残っている。

なんて素晴らしい女性なんだろうと感激した。きっと心からバスガイドという仕事を愛しているのだと思った。それと同時に、幼い頃からの夢だったバスの運転手を本気で目指す決意をした。

勉強もスポーツも平凡だったけど、いつも頭の片隅には夢があった。

小学校時代、友だちが野球選手やサッカー選手になりたいと言いだしたときも、浩介はバスの運転手になるんだと思いつづけた。中学生になり友だちが夢を諦めはじめたときも、浩介の愚直な思いは変わらなかった。

高校を卒業して、恭子が勤めていた地元のバス会社、舟丘観光に就職した。

入社してみると、恭子は結婚退職しており残念だったが、夢に近づけたのは嬉しかった。しかし、バス会社に入ったからといって、すぐ運転手になれるわけではない。観光バスを運転するには、大型二種免許が必要だった。

しかも、普通免許を取ってから三年以上経過しないと、大型二種免許の受験資格が得られない。そのため、浩介はバスの清掃や洗車など、裏方の仕事をしながら運転手を目指してきた。

日々の雑用をこなしながらも、先輩ドライバーたちに運転手の心構えや技術的なこと、さらには緊急時の対応などを学んだ。

とにかく、毎日が忙しくて恋人を作る暇もなかった。

朝は誰よりも早く出勤して、帰るのはいつも一番最後だ。二十一歳で大型二種免許を取得して、厳しい社内研修も乗りきった。気づいたときには、童貞のまま二十二歳を迎えていた。

自分が運転するバスで、恭子のような女性がガイドを務める。そんな未来を思い描いて頑張ってきた。

もちろんベストは恭子本人とのコンビだったが、彼女が結婚退職していたので実現できなかった。それでも、夢だったバスの運転手になれた。恭子に出会ったおかげで、運転手を本気で目指す気になった。彼女には心から感謝していた。

しかし、人生とはなにが起こるかわからないものだ。

二度と会うことはないと思っていたのに、突然恭子が目の前に現れた。

今年の春、浩介がようやく運転手として独り立ちした直後、恭子がバスガイドとして復職してきたのだ。当時高校生だった浩介のことは覚えていなかったが、運命の再会としか思えなかった。

恭子は四年のブランクを感じさせず、瞬(またた)く間に現場復帰した。

会社からの信頼は厚く、ドライバーたちの評判もいい。なにより、利用した乗客たちからの反応が抜群だった。今では新人バスガイドの教育係も任されており、歴代ナンバーワンバスガイドの声もあがるほどだった。

（まさか、恭子さんと再会なんて……）

浩介はハンドルを握りながら、憧れの人の姿を視界の隅に捉えていた。

再会できただけではなく、こうしてコンビを組めるなんて信じられなかった。

会社としては、最年少の運転手をフォローさせるために、ベテランバスガイドを組ませたのだろう。でも、理由なんてどうでもいい。バスの運転手になれたうえに、恭子とコンビを組む夢まで叶ったのだ。すべてが実現して怖いくらいだった。

「わたしのことは聞いてる……わよね？」

恭子が探るような調子で声をかけてくる。自分が社内でどう思われているのか、気になるのだろうか。

「少しは、聞いてます」

誤魔化しようがないと思って正直に答えた。

聞きたくなくても、人の噂話というのは自然と耳に入ってくる。どこの会社、どこのグループでも、噂好きの人間がひとりはいるだろう。働いているうちに、恭子が職場に戻ってきた理由が徐々にわかってきた。

「じゃあ、夫のこととかも？」

「なんとなく、ですけど……」

赤信号で停まったが、彼女の顔を見ることはできなかった。

四年前、恭子は二十六歳で結婚退職した。相手は舟丘観光のバス運転手だった。ところが、わずか二年後に旦那が病気で亡くなり、未亡人となってしまったという。ただ退職金と生命保険が出たので、生活には困っていなかったらしい。

「だいたい噂通りだと思うわ。夫と二人で住んでいたマンションに今もいるの。なんだか、離れられなくて……」

浩介はどう応えればいいのかわからず、赤く光る信号をじっと見つめていた。

「胸にぽっかり穴が開いたみたいで……。よく時間が解決するって言うけど、わたしはダメだった。虚しさが募っていくばかりのような気がして」

信号が青に変わり、バスを静かに発車させる。微かな振動とともに動きはじめても、彼女は穏やかに話しつづけた。

「気づくと夫がいなくなってから二年も経ってた。このままじゃいけないって思ったとき、職場復帰しないかってお話をもらったの」

「そう……だったんですか」

黙っているのもおかしいと思い、掠れた声で返事をする。

こういうとき、なにか元気づけるような言葉をかけるべきかもしれない。しかし、気の利いた台詞が浮かばなかった。

「でも、今はお仕事をはじめてよかったと思ってるの」

恭子の声が少し明るくなる。無理をしているようにも感じられるが、きっと以前は無理をする元気もなかったに違いない。

夫と暮らしていたマンションで悶々として過ごすより、外で働くほうが気が紛れるに決まっている。職場の仲間と接して、天職とまで言い切ったバスガイドをすることで淋しさを誤魔化しているのだろう。

恭子のやさしい笑顔の裏には、悲しい過去があった。

夫が亡くなって二年も経つのに、いまだに忘れられずにいる。彼女ほどの器量なら、いくらでも新しい人生を歩むことができるだろう。実際、客から誘われることもあるらしい。ところが、誰とも付き合う気はないようだった。

(俺がなんとかできれば……)

浩介はもどかしさを胸に抱えて、ほんの少しアクセルを踏みこんだ。

大型バスは運転できるのに、彼女の悲しみを癒すことはできない。亡くなった旦那の代わりなどできるはずがないし、そもそも八歳も年下の新人運転手など恋愛対象に入らないだろう。

2

約十五分後、集合場所に到着した。

本日のお客さまは『ジャパンアプリケーションテクノロジー』御一行様。パソコンのソフトやスマートフォンのアプリを開発する会社らしい。集合場所は会社が入っているビルの前だ。

予約の人数は三十五名、慰安旅行で草津の温泉ホテルに一泊することになっている。到着後すぐにゴルフを楽しみたいということで、トイレ休憩以外はどこも観光せずに直行するコースとなっていた。

細々と立ち寄らなくていいので、新人の浩介にとっては比較的走りやすいコースだった。ＩＴ関連のしっかりした会社というのも安心できる。酒を飲んでバスのなかで大宴会をするようなタイプではないだろう。

大人しい団体客なら、行きの車内で恭子と少し話せるかもしれない。

そんなことを考えながらバスを降りて、恭子とともにお客さまを出迎えた。乗降口の前に立ち、挨拶をするのが舟丘観光の決まりだった。

「おはようございます。本日はよろしくお願いいたします」

恭子が一人ひとりと目を合わせながら声をかける。

彼女の透き通るような声と満面の笑みを見て、誰もが釣られるように笑顔になり、バスに乗りこんでいく。

比較的若い男性が多く、二十代と三十代がほとんどのようだ。慰安旅行なので全員ラフな格好をしている。ジャケットは羽織っていてもノーネクタイだったり、ポロシャツにジーンズの人もいた。

浩介は隣の恭子を意識して、極度の緊張状態にあった。

挨拶しなければならないのだが、なにひとつ言葉が浮かばない。仕方ないので、制帽を取ってひたすら丁寧に頭をさげつづけた。

「本日はご利用いただき、誠にありがとうございます。車内ではどうぞごゆっくりお過ごしください」

浩介がしゃべれないぶん、恭子が笑顔を振りまいてくれる。

美人のバスガイドに迎えられて、男性客たちはご機嫌な様子だ。乗車はスムーズに進み、最後のひとりとなったときだった。

「あれ？」

男性客が恭子の前で足をとめた。

白いポロシャツにベージュのチノパンを穿いた、爽やかな雰囲気の男だった。年の頃は三十代前半だろうか。スラリとした長身で胸板が厚く、一見してスポーツマンといった印象だ。

「もしかして、恭子ちゃんじゃないか？」

「え……」

突然声をかけられて、恭子が驚いたように目を丸くする。そして、男性客の顔をまじまじと見つめて、口もとを両手で覆った。

「磯村先輩……ですか？」

恐るおそる尋ねると、男は白い歯を見せて微笑んだ。

「久しぶり。やっぱりそうか、ひと目でわかったよ」

「驚きました。こんな偶然あるんですね」

どうやら恭子の知り合いらしい。それにしても、彼女が瞳を輝かせているのが気になった。

「そうか、バスガイドさんになったんだよね。噂には聞いてたけど、また一段と綺麗になったね」

歯の浮くような台詞をさらりと口にする。そして感心した表情で、制服姿の恭子を眺めまわした。

「本当に綺麗だよ。モデルさんみたいだ」

「まあ、お上手ですね」

恭子は適当に受け流しながらも、本心から喜んでいるようだ。目の下がほんのりと染まったのを、浩介は見逃さなかった。

「先輩はここの会社にお勤めだったのですね」

もしかしたら少し照れているのだろうか。彼女がビルを眩しそうに見あげてつぶやけば、磯村先輩と呼ばれた男は少し自慢気に胸を張った。

「三年ほど前に引き抜かれたんだ。転職の多い業界だからね。ステップアップするための転職だよ。だから、この会社じゃ新人さ」

「そうだったんですか」

恭子の声がいつもよりも若干高くなっていた。

磯村は精悍な顔つきをしており、表情や仕草は自信に満ち溢れている。見るからに仕事ができそうで、なおかつ充実したプライベートを送っていそうだ。とにかく、絵に描いたようなできる男だった。

浩介はこの手の男性を前にすると、決まって劣等感に襲われてしまう。自分は背が高いわけでも、顔がいいわけでもない。子供の頃からすべてが平均的で、突出したものはなにもなかった。

「あの、そろそろ出発しないと……」

浩介は小声で恭子に耳打ちした。

言った直後に胸の奥がチクリと痛む。本当は運行日程を気にしたのではない。確かに出発時間が迫っていたが、それよりも二人が楽しそうに話すのを見ていたくなかった。つまらない嫉妬(しっと)が心を掻き乱していた。

「先輩、出発時間ですので」

「もう少し話したかったんだけどな。残念だけど、とりあえず乗るよ。じゃ、運転手さん、よろしく」

磯村は恭子にうながされて仕方なく会話を打ち切ると、浩介にも軽く声をかけ、颯爽(さっそう)とバスに乗りこんでいく。

「わたしたちも行きましょうか」

恭子が仕事モードに戻り、笑顔を向けてくる。先ほどまでならこれだけで気合いが入ったが、今は素直に喜べなかった。

「今のお客さん、お知り合いなんですか？」

さりげなさを装って尋ねてみる。

探るようで気が引けるが、確かめずにはいられない。悶々とした気持ちを抱えたまま運転したくなかった。

「同じ高校のふたつ上の先輩なの」

「へえ、そうなんですか。なんか……いい感じの人ですね」

もちろん本心ではないが、なにか言わなければと思って付け足した。

「でしょう。磯村先輩はサッカー部のキャプテンで、学校中の女子たちが夢中になってたのよ」

やはり恭子の瞳は少女のように輝いている。きっと、彼女も夢中になっていたひとりなのだろう。かつて片想いをしていたことは簡単に予想できた。

浩介は運転席に座ると、さりげなく運行日程表を確認する。お客さまの名前が記された欄に、『磯村久志（ひさし）、三十二歳』とあるのを発見した。

（ついてないなぁ……力が抜けてきちゃったよ）

緊張でガチガチだった肩が、脱力してすっかり落ちている。

恭子とコンビを組んでのツアーを楽しみにしていたのに、一気にテンションがさがってしまった。

バスが走りはじめると、恭子がお客さまに挨拶をする。ベテランだけあって、マイクを通して聞こえる声は落ち着いていた。

「失礼いたします。『ジャパンアプリケーションテクノロジー』御一行のみなさま、あらためまして、おはようございます」

「このたびは、舟丘観光をご利用いただき誠にありがとうございます。今日明日の二日間、みなさま方のお供を務めさせていただきますのは、ドライバー国仲、ガイドのわたくしは水樹でございます」

恭子の声がすっと胸に入りこんでくる。

声の質と話す速度が絶妙で、聞いている者に心地よい印象を与えるのだろう。お客さまも静かに聞き入っているのがわかる。これまで、大勢のバスガイドの挨拶を聞いてきたが、間違いなく恭子がナンバーワンだった。

ひととおりの挨拶が終わると、恭子はバスガイド専用座席で路線図やホテルなどの資料に目を通しはじめた。立ち寄る場所は高速道路のサービスエリアだけだが、まったく気を抜く様子はなかった。

（やっぱり、さすがだよな）

浩介は視界の左隅に恭子の姿を捉えて、心のなかで唸っていた。

若いバスガイドと違って、自分の仕事に責任感を持っている。最後までしっかりお客さまをご案内するつもりなのだろう。浩介はハンドルを握りながら、恭子のプロ意識の高さに感激していた。

なんとか言葉を交わすきっかけがほしかった。

予想通り車内は静かだ。手のかからないお客さまで助かった。せっかくコンビを組めたのだから、少しでも恭子と距離を縮めておきたい。たとえ恋愛対象に入らなくても、憧れの人と仲良くなりたかった。

（なんでもいいから話しかけるんだ……）

心のなかで自分自身に言い聞かせる。

天気のことでも昨夜のテレビのことでも、きっかけはなんでもよかった。話しかける勇気さえあれば、あとはなんとかなるだろう。

「あの……」

思いきって口を開くが、喉がカラカラに渇いてほとんど声が出なかった。バスの走行音に掻き消されて、彼女の耳まで届いていない。「んんっ」と喉を鳴らし、もう一度声をかけようとした、まさにそのときだった。

「恭子ちゃん」

バスガイド専用座席のすぐ後ろに座っていた磯村久志が、身を乗りだすようにして声をかけた。

「はい？」

恭子は資料から顔をあげると、首をひねって背後を見やる。運転席側に顔を向ける格好だ。

「今、少し話しても大丈夫かい？」

「はい、資料を見ていただけですから」

彼女は仕事を中断すると、やわらかい笑みを浮かべてみせる。

それが業務用のスマイルなのか、それともかつての憧れの先輩に声をかけられて喜んでいるのか、運転席からチラ見するだけでは判断がつかなかった。

(また、あいつかよ)

浩介は内心むっとしてハンドルを強く握り締めた。

せっかく話しかけようとしたのに、完全にタイミングを失ってしまった。そもそも久志が「恭子ちゃん」などと、なれなれしく呼ぶのが気に入らない。先輩だといっても、ずっと昔のことではないか。

（まさか、恭子さんを口説くつもりじゃないだろうな）

なにを話すのか気になって仕方がない。浩介は聞き耳を立てながら、バスを高速道路に乗り入れた。

「それにしても本当にびっくりしたよ。恭子ちゃんに似てるなって思ったら、本人なんだから」

「そうですね。お客さまのなかに知り合いがいるなんて滅多にないんですよ」

「十四年ぶりくらいかな？」

「もうそんなになりますか。なんか感激です」

二人は小声で話している。

運転中なのではっきり確認することはできないが、偶然の再会で盛りあがっている様子は伝わってきた。

「なんかさ、こういうのって運命感じないか？」

「なに言ってるんですか。奥さんに叱られちゃいますよ」

恭子が冗談っぽく返すと、久志は声のトーンを変えずにさらりと言った。

「俺、結婚してないんだ」

「あ……すみません」

「別に謝ることないけどね。最近、先生に会ったかい？」

「いえ、まったく」

「だよね。たまには学校に行ってみようかなぁ」

同じ学校の出身者にしかわからない話題になり、聞き耳を立てている浩介はますます疎外感に襲われた。

途中トイレ休憩でサービスエリアに立ち寄った。

その後も恭子と久志は昔話に花を咲かせて、浩介はただ黙々とバスを運転した。草津に到着したのは、予定よりも十分早い十三時五十分だった。

お客さまを降ろすと、浩介と恭子はバスの簡単な清掃を済ませて、それぞれホテルの部屋に入って休憩した。

本日の宿泊地『草津クイーンホテル』は、洋風な外観だが部屋は和室だった。少々古さを感じるが、掃除は行き届いているので快適だ。

よく友人から「バスガイドさんと同じ部屋に泊まるのか？」などと訊かれることがある。もちろん、そんなはずはない。必ず別々の部屋が予約してあるし、運転手とバスガイドが一夜の関係になったという話も聞いたことがなかった。

浩介と恭子の部屋は隣り合っているが、通常は翌朝まで連絡を取ることはない。旅館の広間で食事をするなら、たまたま運転手とバスガイドがいっしょになる場合もある。だが、ホテルだとレストランやカフェでの食事になるので、顔を合わせる機会もほとんどなかった。

「はぁ……なんであんな奴が乗ってくるんだよ」

浩介は畳の上で仰向けになり、憮然とした表情で天井をにらんだ。

出発前は恭子とのコンビで浮かれていたが、今は早く帰りたくてしょうがない。彼女が久志と楽しそうに話しているのを見たくなかった。

悶々としたまま過ごし、ホテルのレストランで早めの夕食を済ませた。

こういうときはさっさと寝てしまおうと、大浴場に行ってゆっくりと温泉に浸かった。汗を流したことで多少は気分がすっきりした。今なら横になればすぐに眠れるだろう。

浴衣を身に着けると、ぶらぶらと部屋に向かった。途中、宴会場の近くを通りかかったとき、浴衣姿の男が出てくるのが見えた。

(ん？　あいつだ)

久志に間違いなかった。

ホテルに到着して、すぐにゴルフを楽しんだはずだ。その後、温泉に入ってから大広間で食事というプランになっていた。今は宴会の真っ最中だろう。

バスのなかで恭子になれなれしくしていた姿が脳裏に浮かび、奥歯をギリッと嚙みかめる。せっかく温泉に入って忘れかけていたのに、また不愉快な気分がぶり返してしまった。

久志が前方を歩いている。おそらくトイレにでも行くのだろう。浩介はそのまま声もかけずにやり過ごすつもりだった。

ところが、久志はトイレの前を素通りして、そのまま廊下を歩いていく。足取りはしっかりしており、さほど酔っているようには見えなかった。

宴会を抜けだしてどこに行くのだろう。

不思議に思いながら、浩介は距離を置いて久志の後方を歩いていた。後をつけているわけではなく、たまたま方向がいっしょなだけだ。浩介としては早く離れたいのだが、わざわざこの男のために時間を潰すのも癪だった。

久志はなぜかエレベーターの前を通り過ぎて、浩介が泊まっている部屋の方へと進んでいた。見晴らしのいい上の階に宿泊しているはずなのに、部屋の名前を確認しながら一階をうろうろしている。なにか動きが怪しかった。

（あいつ……まさか……）

しだいに疑念が湧きあがってくる。そして、嫌な予感は的中した。

久志は浩介が宿泊している部屋の前を通り過ぎて、隣室の前で立ち止まった。そこは恭子が泊まっている部屋だ。バスで話しこんでいる間に、部屋を聞きだしたのだろうか。後のほうは高校の話ばかりだったので、浩介は盗み聞きをやめて運転に集中していた。

（恭子さんがドアを開けるはずがないさ）

廊下の曲がり角に身を潜めて、祈るような気持ちで久志の様子をうかがった。

少し躊躇（ちゅうちょ）しているようだったが、結局は遠慮がちにドアをノックした。ほどなくしてドアが開き、久志の顔に笑みがひろがった。浩介の位置からはドアの陰になって見えないが、そこには恭子が立っているのだろう。

（ど……どうして？）

呆気（あっけ）にとられる浩介の目の前で、久志が部屋に消えていく。

強引に入りこんだ様子はなかった。彼女は人生経験豊かな大人の女性だ。いくら知り合いとはいえ、不用意に男をホテルの部屋に招き入れるとは思えなかった。

慌ててドアに駆け寄るが、恭子が望んだことなら口出しできない。昼間の様子を思い返すと、彼女はずいぶん浮かれていた。高校時代に憧れていた久志に、今でも特別な感情があるのかもしれなかった。

（くっ……俺はどうすれば……）

胸が息苦しくなってくる。足もとがふらつき、思わずドアノブを握り締めた。

「あ……」

そのとき、ドアノブが回転してはっとする。気づいたときには、ドアが微かに開いていた。

古いタイプのホテルなのでオートロックではない。まずいと思って青ざめるが、部屋のなかは静かなままだった。

恐るおそるドアの隙間からなかを覗きこむ。すると、薄闇がひろがっていた。

部屋は和室で、ドアを開けるとまず三和土（たたき）になっている。その奥にさらに襖（ふすま）があるので、恭子たちは気づいていないようだった。

（和室で助かった……）

わざとではないが、覗きを疑われても仕方のない状況だ。もし問いただされたら、冷静に対処できるとは思えなかった。

ドアをそっと閉じて自分の部屋に戻れば、何事もなかったことになる。しかし、恭子と久志が密室でどんな会話をしているのか気になった。

三和土に入ってドアを閉じれば、廊下から見られることはない。あとは襖を少しだけ開けて、室内の様子を観察すればいい。迷いに迷った挙げ句、浩介は行動に移していた。

ドアの内側に滑りこむと、胸の鼓動が異様なほど速くなる。度胸はないほうだと思うが、恭子のことになると話は別だった。

（こ、これは恭子さんのためなんだ。もし、あいつが襲ったりしたら……）

自分を正当化して、心のなかで後付けの言いわけを繰り返す。

恭子のためということにして、二人がなにを話しているのか知りたいだけだ。行動理由は醜（みにく）い嫉妬心以外の何物でもなかった。

襖越しに微かな声が聞こえてくるが、内容まではわからない。浩介は襖に手をかけると、慎重に力をこめた。

「くっ……」

額にじんわりと汗が滲んだ。

襖をほんの少しだけ開けるのは意外とむずかしい。いきなり大きく開いてしまいそうで、力の加減が上手くいかなかった。

ようやくわずかに隙間を作り、ほっと息を吐きだした。

室内から細い光の筋が漏れている。浩介は額の汗を浴衣の袖で拭うと、緊張しながら襖の隙間に顔を近づけた。いけないと思いつつ、室内を覗きこむ。すると、いきなり恭子の浴衣姿が視界に飛びこんできた。

（おおっ……）

どうやら、彼女も温泉に入ったらしい。浴衣の肩に垂れかかる黒髪がしっとりと濡れていた。旅館に備えつけの浴衣も、彼女が着ていると途端に格調高いものに感じられるから不思議だった。

衿はきっちり重ねられているが、そのせいで胸の膨らみが余計に強調されているようだ。こんもりとした丸みが、久志を挑発しないか心配だった。

恭子と久志は、座卓を挟んで向かい合わせに座っている。緑茶の入った湯飲みがそれぞれの前に置かれており、にこやかに談笑していた。

「こうして恭子ちゃんと話ができるなんて信じられないよ」

久志が話しかけると、恭子は嬉しそうに微笑んだ。

「でも、会社の方たちはいいんですか？」

「いいのいいの放っておいても。あいつらとは毎日顔を合わせてるんだから。でも、恭子ちゃんとは今度いつ会えるかわからないからね」

「まあ、そんなこと言って」

会社の宴会を抜けだしてきたと聞いても、恭子は気にならないらしい。久志と話しているのが楽しいようだった。

（どうして、そんな奴がいいんだよ）

浩介の目には、ただの軽い男にしか見えない。彼女の熟れた身体に吸い寄せられて、狙っているだけなのではないか。とても本気とは思えなかった。

いったい、どういう男が好みなのだろう。自分が恭子を振り向かせるのは無理だとしても、もっとまともな男と付き合ってほしい。弄ばれた挙げ句に捨てられて、落ちこんでいる姿を見たくない、と勝手に心配してしまう。

「恭子ちゃんもいろいろあったんだろう？」

久志がしんみりした口調で語りかける。

「旦那のこと？　うん、病気だったんです。気づくのが遅かったから……」

恭子の声が小さくなっていく。職場ではいつも明るく振る舞っているので、これほど暗い表情を見るのは初めてだった。

「苦しいときに、励ましてあげられなくてごめん」

「そんな……先輩が謝ることは……」

「でも、恭子ちゃんならきっと幸せになれると思うよ。そろそろ新しい恋をしてもいい頃なんじゃないかな」

慰（なぐさ）めようとしているのか、それとも口説こうとしているのかわからない。きっと元気づける振りをして、弱っている心に付け入る作戦だろう。

（恭子さんが、そんな手に乗るはずない）

浩介は襖の隙間から、じっと見つめていた。

久志が強引に迫るようなことがあれば、いつでも飛びこむつもりだ。たとえ覗いていたことを咎（とが）められようとも、憧れの女性を守りたかった。

「旦那さんも、恭子ちゃんが幸せになることを天国で祈ってるよ。星になって空から見守ってるかもしれないな」

よくそんな気障（きざ）な台詞が出てくるものだ。女を落とすためなら手段を選ばないような男なのだろう。ところが、恭子は瞳をうるうると潤ませていた。

「そうでしょうか……」

「俺は恭子ちゃんの幸せを誰よりも願ってるんだ。だから、旦那さんの気持ちがわかるんだよ」

久志はすっと立ちあがり、恭子の隣に移動して腰をおろす。そして、彼女の肩にさりげなく手をまわした。

「あ……」

「俺の気持ちはずっと変わってないよ」

なぜか恭子は抵抗しない。それどころか、ほんのりと頬を染めてしまう。

(ど、どうして……恭子さん?)

浩介は悶々としながら覗いていることしかできない。恭子が抵抗しない以上、手出しはできなかった。

「俺がどうして結婚してないかわかるかい?」

「……………」

「ずっと忘れられない人がいたからさ」

「先輩、それって……」

「高校生の頃、好きな女の子がいたんだ。ふたつ下の後輩でね、思いきって告白したんだけど見事にフラれたよ」

二人の間に妙な沈黙が流れる。恭子と久志だけが共有できるなにかが、そこには確かに存在していた。

「怖かったの……だって、先輩、すごくモテたから……」

恭子がぽつりとつぶやき睫毛(まつげ)を伏せる。その言葉で浩介はすべてを理解した。

3

「あっ……ま、待ってください」

浴衣の肩をぐいっと抱き寄せられて、恭子がうろたえたような声を漏らす。ところが、強く抵抗することはなく、潤んだ瞳で男の顔を見つめていた。

「磯村先輩……」

「わかるだろ。俺はフラれてからも、ずっとキミのことを想ってきたんだ」

久志は真面目な顔で言うと、当たり前のように彼女の唇を奪った。

「ンっ……」

恭子は肩を抱かれたまま、静かに睫毛を伏せている。嫌がる素振りはいっさいなく、高校時代の先輩に唇を与えていた。

(やめろ……やめてくれ……)

浩介は歯ぎしりしながらも、二人から目を離せなかった。

思考が停止していた。彼女を助けようと思ったわけでも、最後まで見届けようと思ったわけでもない。ショックが大きすぎて身動きができなかった。本当は現実から目を背けたいのに、そうする気力すら奪われていた。

「ンンっ……はンンっ」

恭子の鼻にかかった声が聞こえてくる。男の手で後頭部を支えられ、身体からは力が抜けていた。

唇が密着したり、離れたりを繰り返す。そのたびに舌と舌が絡み合う様子が見えて、透明な唾液がトロリと糸を引いていた。

「恭子ちゃんとこうする日をずっと夢見てたんだ」

久志が積極的に舌を絡め取り、彼女の口を吸いあげる。恭子は戸惑いながらも、遠慮がちに舌を覗かせていた。

(まさか、恭子さんも、あいつのこと……)

胸のうちに、もやもやした思いがひろがっていく。

高校生のときに一度振っているとはいえ、恭子は久志のことが嫌いだったわけではなさそうだ。おそらく、学園の人気者に告白されたことで怖くなっただけだ。本心では付き合いたいと思っていたのではないか。

「くぅっ……」

浩介は室内の様子を覗いた姿勢で固まり、両手を強く握り締めた。

本人が望んでいることなら、自分などが入りこむ余地はない。実際、唇を奪われただけで、彼女はすっかり表情を蕩かせていた。

「はぁ……先輩」

ようやくディープキスから解放されても、恭子は男の胸板にもたれかかったままだった。

「俺は本気だから」

久志は彼女の瞳をまっすぐに見つめた。

真剣そうな目をしているが、どこまで本気かわかったものではない。なにしろ、久志は口が上手く、なかなかの二枚目だ。いかにもモテそうな男で、女に不自由しているとは思えなかった。

「初めて告白したときから、ずっとキミのことだけを考えてた」

「でも、彼女はたくさんいたのでしょう？」

恭子は視線を逸らし、拗(す)ねたようにつぶやいた。

この時点で、すでに男の術中に嵌(はま)っているような気がしてならない。彼女の横顔は、遠目に見ても火照(ほて)っていた。

「確かに何人かと付き合ったよ。でも、やっぱり違ったんだ。俺が本当に好きな人はひとりだけだって気づかされた」

「わたし、もう若くないし……」

声が消え入りそうに小さくなっていく。男の腕のなかで困惑している様子が手に取るようにわかった。

「恭子ちゃんは素敵な女性だよ。だから……」

久志は彼女の肩を両手で摑むと、真正面から顔を覗きこんだ。

「一度振られてるけど、あらためて申し込む」

「……え？」

「俺と正式に交際してほしい」

正々堂々とした告白だった。

恭子が瞳を見開くのと同時に、浩介も口をぽかんと開けていた。まさか、これほどストレートな行動に出るとは思わなかった。

（や、やめろ、恭子さんがいやがって！）

――いや、どちらかというと喜んでいるように見える。十年以上も前に振った男に再び告白されて、その気になりかけていた。

「急にそんなこと言われても……」

「だよな。急に言われても困るよな。でも、これだけは忘れないでほしい。俺はどんなことがあっても、必ずキミを幸せにする」

傍（はた）から見ていると虫酸（むしず）が走るが、言っている本人は真剣だ。そして、愛の告白をされた恭子は、感激したように瞳を潤ませていた。

（きょ……恭子さん？）

まるで恋する少女だった。気持ちが高校時代に戻ってしまったのか、またしても抱き締められると、彼女は額を男の肩に押し当てた。

「恭子ちゃん、好きなんだ」

久志が耳もとで囁（ささや）き、再び唇を重ねていく。すかさず舌を絡めながら、美熟の未亡人を畳の上に押し倒した。

「ダメです……うンンっ」

彼女の弱々しい声が、濃厚なディープキスで掻き消される。舌を挿入されて口内をねぶられることで、女体から目に見えて力が抜けていった。

「俺の気持ち、わかってほしいんだ」

仰向けになった恭子に添い寝をして、久志が何度もキスを仕掛けている。彼女は本気で嫌がっていないので、情熱的に迫られて心が揺れ動いているのかもしれない。男の唇が離れかけると、自ら舌を伸ばして追いかけた。

「はぁ、こんなこと」

「俺たち、もう大人なんだよ。高校時代とは違う……」

「あふっ……ンンンっ」

男の手が胸に伸びてきたことで、恭子がはじめて微かに抗った。

「ま、待ってください」

浴衣の乳房の膨らみに、久志の手のひらが重なっている。撫でまわすように動くと、彼女は慌てたように手首をそっと掴んだ。

(お、おい、いやがってるじゃないか)

襖の隙間からだと、二人を足もとのほうから眺める格好になる。男の手が浴衣の胸をまさぐる様子が、はっきりと確認できた。

止めに入るなら今かもしれない。部屋に飛びこもうとして身構えたとき、乳房の膨らみに男の指が食いこんだ。

「はンンっ」

恭子の唇から溜め息のような声が溢れだす。ゆったりと揉みあげられて、明らかに様子が変化した。

そんな甘い声を出されると、途端に浩介は尻込みしてしまう。彼女が本気で嫌がっていなければ、ただの勇み足になる。それこそ、覗きをしていた自分が嫌われるだけという最悪の結果になりかねなかった。

「身体が熱くなってきたね」

久志が低い声で囁きながら、左右の乳房を揉みしだいている。

余裕たっぷりに責めたてる様子を見ていると、やはり彼女の身体が目的としか思えない。それなのに、恭子は切なげな喘(あえ)ぎ声を漏らしていた。

「あぁっ、やめてください」

「どうしてだい？　こんなに火照ってるのに」

「わたしは、やっぱり夫のことが……」

男の手首を摑んで拒むポーズを見せてはいるが、振り払う様子はない。もはや手を添えているだけといった状態だ。呼吸が荒くなっており、うっとりとした表情になっていた。

「俺が代わりになるよ」

「……え？」

「亡くなった旦那さんの代わりに、俺が恭子ちゃんを支えたいんだ」

久志は彼女の答えを待つことなく、浴衣の衿に手をかけて左右にくつろげる。すると、いきなり大きな乳房が露わになった。

（おおっ！　こ、これが、恭子さんの……）

予想外の事態に、浩介は思わず生唾(なまつば)を呑みこんだ。

初めて生で目にする乳房だった。まろやかな双(ふた)つの白い膨らみが、フルフルと柔らかそうに揺れている。憧れつづけた女性の乳房が、わずか数メートル先で剝(む)きだしになっていた。

異様なまでの興奮が湧きあがると同時に、頭の片隅で疑念が生じた。

彼女はノーブラで男を部屋に招き入れたことになる。いくら昔の知り合いとはいえ無防備すぎないか。これでは襲ってくれと言っているようなものだ。いや、もしかしたら、こうなることを望んでいたのだろうか。

しかし、そんな疑問も恭子が漏らした羞恥の声に掻き消された。

「ああっ、見ないでください……」

恭子が両手で乳房を覆い隠そうとする。ところが、久志がすかさず彼女の手首を摑んで遮った。

「浴衣だからノーブラなのかい？」

「や……先輩に見られるなんて……」

「よく見せて。愛する人のすべてを知りたいんだ」

相変わらず気障な物言いが鼻につく。しかし、今はそんなことより、蛍光灯の明かりに照らしだされた乳房のほうが気になった。

透き通るように白い柔肌の頂点に、鮮やかなピンクの乳首が乗っている。揉まれたことで興奮したのか、すでにぷっくりと隆起して尖り勃っていた。

「綺麗だよ。すごく」

「そんなに近くで……」

「なんて白いんだ。こんなに白い肌は初めて見るよ」

久志は乳房をまじまじと見つめて、何度も息を呑みこんだ。

そして、意を決したように両手を伸ばし、双乳をゆっくりと揉みあげる。壊れ物を扱うように、やさしく柔肉に指を食いこませた。

「はぁ……ダメです」

たったそれだけで、またしても彼女の唇から溜め息が溢れだす。

乳房を捏ねまわされるのが気持ちいいのか、抵抗は口先だけでうっとりとした表情になっていた。

「ヤン……お願いですから……」

「絶対、幸せにする。自信があるんだ」

口説き文句を囁きながら乳房に顔を寄せて、乳輪のまわりに舌を這わせていく。

「あっ、ま、待ってください」

「待てないよ。キミのこと、こんなに想ってるんだから」

乳首には触れないように、舌先で器用に乳輪の縁を舐めまわす。左右の乳房を同じように責めつつ、熱心に愛の言葉を紡いでいた。

「そろそろ返事を聞かせてくれないか？」

「ンっ……い、今はまだ……」

「恭子ちゃんがうんと言ってくれるまでやめないよ」

ついに乳首をぺろりと舐めあげる。その途端、まるで陸に打ちあげられた魚のように、女体が激しく跳ねあがった。

「はンンっ！」

「すごいね。おっぱいが感じるんだ？」

「ち、違います……久しぶり……だから」

恭子が赤く染まった顔を背けて、言いわけがましくつぶやいた。すると、久志も驚いたように動きをとめて、彼女の顔を見あげていった。

「もしかして、旦那さんが亡くなってから、誰とも？」

「は……はい……ずっと、ひとりでした」

消え入りそうな声だが、浩介の耳にもはっきりと聞こえた。

二年前に夫を亡くしてから、ずっと貞操を守ってきたらしい。きっと心から愛していたのだろう。しかし、その一方で三十路の熟れた身体を持て余していたのも事実だ。だからこそ、久志の愛撫に反応して戸惑っているのではないか。

「ひとりでつらかったね。今日はたっぷり感じさせてあげるよ」

「あンっ、そこは……はンンっ」

乳首を交互に舐められて、こらえきれない喘ぎ声を漏らしている。眉を困ったように歪めて、首をゆるゆると振っていた。

（そんな奴に触られて……）

浩介は瞬きするのも忘れて凝視している。食い縛っている奥歯が、今にも砕けてしまいそうだった。

彼女は本当に感じているのだろうか。もう踏み込む気力など、とうの昔に萎えている。唾液で濡れ光る乳首はこれでもかと尖り勃ち、まるでさらなる愛撫を欲しているようだった。

「ほら、こんなに硬くなってるよ」

久志は乳房の先端にむしゃぶりつくと、チュウチュウと音をたてて乳首を吸いはじめる。舌も使っているのか、口もとがもごもごと動いていた。

「はうっ、ダ、ダメ、ああっ」

恭子の唇から、こらえきれないといった感じの喘ぎ声が響き渡る。両手を男の肩に添えて、身体を波打つようにくねらせていた。

「あっ……あっ……」

「本当はしたかったんだろ？　我慢しなくていいんだよ」

久志の愛撫は執拗だった。

大きな乳房を揉みあげながら、乳首を好き放題に舐めまわしている。口に含んで唾液をまぶしては、舌先でやさしく転がした。さらには不意を突くようにピンッと弾いたりする。どう見ても遊び慣れているとしか思えなかった。

「せ、先輩……い、いけません」

「まだそんなこと言ってるのかい？　でも、身体のほうは違うみたいだよ」

片手を下半身に滑らせて、浴衣の裾をはだけさせる。すると、白くてむっちりとした太腿と、股間に張りついた淡いピンクのパンティが露わになった。

「あっ、いやっ」

「下はちゃんと穿いてるんだね」

「もう、これ以上は……あンンっ」

恭子は乳首を舐められるたび、内腿をもじもじと擦り合わせる。まるで焦れているような仕草が、久志をなおのこと調子づかせていた。

「もっと触ってほしいんだろう？」

乳首を舌先で転がしながら、爪の先で太腿をなぞりあげる。たったそれだけで、恭子は腰を小刻みに震わせた。

「はンンっ」

「いい反応だ。どこを触っても感じるんだね」

久志は落ち着き払った声で囁き、太腿をしつこく撫でまわす。さらにはパンティが張りついた恥丘に、手のひらを重ねていった。

「あっ、そ、そこは……」

こんもりとした恥丘をそっと揉まれて、恭子の声が上擦っていく。腰が右に左に揺らめき、両足のつま先がキュッと内側に丸まった。

「ンンっ……お、お願いですから」

「どうしたの？　どうせ二人きりなんだから、我慢することないんだよ」

「そうじゃなくて……ああっ」

恭子の声が一オクターブ高くなる。ぴっちり閉じられた内腿の間に、男の指がねじこまれていた。

「ダ、ダメです……あっ……あっ」

パンティ越しに触れられて、切れぎれの喘ぎ声が溢れだす。久志が股間で指を動かすたび、彼女の脚に震えがひろがった。

畳の上に横たえられた女体がくねっている。浴衣は大きく乱れて、帯がかろうじて巻きついているだけの状態だ。白い肌はほとんど露出しており、しっとりと汗ばんでいる。股間をまさぐられるたび、豊満な乳房を揺らして喘いでいた。

「も……う……はンンっ」

「すごく熱くなってるよ。恭子ちゃんのここ」

「そんなこと……あンっ」

パンティの船底で指を動かされるたび、恭子の腰がヒクッと跳ねあがる。徐々に力が抜けて、脚がしどけなく開いていく。彼女は弱々しく首を振るが、男の愛撫はさらに加速した。

「あうっ、待ってくださ……ああっ」

再び乳房に吸いつかれると、乳首を舌でねちっこく転がされる。もちろん、その間もパンティの上から大切な場所をいじられていた。

「あっ、ああっ、いやンっ……」

「淋しかったんだろ？　たまには旦那のことを忘れて、思いきり乱れてもいいんじゃないかな」

「そんな……あの人を忘れるなんて……ああンっ」

「恭子ちゃんはまだ若いんだ。今夜だけ羽を伸ばしてごらん」

久志が囁きかけるたび、彼女の身悶えが大きくなる。もはや感じているのは明らかだ。股間で男の指が蠢(うごめ)くのに合わせて、微かに湿った音が響いていた。

（ウ、ウソだ……こんなの……）

浩介は信じられない思いでいっぱいだった。

憧れの女性が、こんな軽い男に身をまかせて喘いでいる。いくら昔の知り合いとはいえ、簡単に身体を開いてほしくなかった。

「これ、脱いじゃおうか？」

男の指がパンティのウエストゴムにかかると、恭子がはっとしたように両手で押さえた。

「これ以上は……許してください」

「今さら後には引けないよ。だって、ほら……」

久志は浴衣の前をはだけさせると、テントを張った黒いボクサーブリーフを剝きだしにする。そして、彼女の手首を取り、こんもりとした膨らみに触れさせた。

「や……熱い」

「だろ？　恭子ちゃんがあんまり魅力的だから、こんなに大きくなったんだよ」

「ああ……でも……」

恭子は戸惑いの声を漏らしながらも、男の股間から手を離そうとしない。もう強制されていないのに、布地越しにペニスをしっかりと握り締めていた。

「これが欲しいのかい？」

「や……違います」

慌てて手を離すが、瞳は物欲しそうに潤んでいる。否定する声は極端に小さくなっていた。

「まだ旦那さんに操を立てるつもりなんだね。でも、そんな貞淑な恭子ちゃんが好きだよ」

久志が再びパンティに指をかけると、一気に太腿のなかばまで引きおろす。恭子は睫毛を伏せて顔を背けるが、いっさい抵抗しようとしなかった。

「あの人のことは、言わないでください……」

ねちっこい愛撫により、未亡人の情欲に火がつけられていた。

男の手でパンティがつま先から抜き取られる。ふっくらとした恥丘には、黒々とした秘毛が生い茂っていた。覚悟を決めたのか、彼女は股間を隠すことなく両手を身体の脇に置いている。それでも肌を晒す羞恥に襲われているらしく、全身が小刻みに震えていた。

「今夜のことは、二人だけの秘密にしよう」

添い寝の姿勢で、久志が片脚を彼女の下肢に絡ませる。膝をねじこむようにして腿を開かせると、秘められた部分を剝きだしにした。

（おっ……おおっ！）

浩介は喉もとまで出かかった声を懸命に呑みこんだ。

襖の隙間から、ちょうど彼女の股間が丸見えになっている。まるで鮮やかな紅色の花のように、神秘的な割れ目が剝きだしになっていた。

初めて生で目にする陰唇は、牡の本能を嫌でも搔きたてる。散々愛撫を施されたことで、妖しいまでに濡れ光っていた。しかも、恋焦がれた恭子のものだと思うと、それだけで鼻血が噴きだしそうなほどテンションが高くなった。

「恥ずかしい……」

「見ないから大丈夫だよ」

久志は片手で彼女の髪を撫でながら、もう片方の手を下半身に伸ばしていく。平らな腹部から恥丘にかけてをそっと擦って、さらには股間へと指を滑らせた。

「ああっ……」

割れ目をそっとなぞられただけで、熟れた女体に震えが走り抜ける。さらに指が膣口に沈みこむと、尻が畳から浮きあがった。

「あっ、入れちゃ……あああっ」

「すごい反応だね。指でも感じちゃうんだ?」

久志は顔を覗きこんで意地悪く囁きながら、指の抜き差しを開始する。わざとゆっくり動かして、彼女の感じる姿を楽しんでいた。

「ンっ……あンっ……あンっ……」

「いやらしい声が出てきたね。遠慮せずに喘いでごらん。そのほうが、もっと気持ちよくなれるよ」

「い、いやです……ンンっ」

男の言葉に反発するように、両手で口もとを覆い隠す。指摘されて恥ずかしくなったのか、意地でも声を漏らさないつもりらしい。ところが、指の抽送速度があがると途端に反応が顕著になった。

「あううッ、そ、それ……」

「やっぱり速いほうがいいのかな?」

「ち、違っ……はううッ、やめてぇっ」

蜜壺内を激しく攪拌されて、唇を押さえた手の下からくぐもった声が溢れだす。白い下腹部が波打ち、柔らかそうな内腿に痙攣がひろがった。

「はああッ、も、もうダメっ……ああッ、お願いです、もうっ」

すぐにこらえきれなくなり、涙目になって訴える。両手を男の腕に添えて、腰をたまらなそうにヒクつかせた。

「やっとその気になってくれたんだね。嬉しいよ」

久志は勝ち誇ったように言うと、体を起こして膝立ちになった。

浴衣を脱ぎ捨てて、ボクサーブリーフをおろしていく。野太く漲ったペニスが、ブルンッと鎌首を振って剝きだしになる。先端はカウパー汁にまみれており、溢れんばかりの牡の劣情が感じられた。

「はぁっ……」

男根を目にした瞬間、恭子が息を呑むのがわかった。

なにしろ、旦那を亡くして二年も男性から遠ざかっていたのだ。久しぶりにペニスを目にして動揺を隠せないのだろう。女盛りを迎えた三十路の未亡人が、隆々とそそり勃つ肉柱を前にして、なにも感じないはずがなかった。

久志は彼女の下肢を割ると、亀頭の先端を陰唇に密着させる。そして、体重を預けるように腰をゆっくりと押し進めた。

「あうッ、お、大きい……あああッ」

巨大な亀頭が陰唇の狭間に埋没する。膣口が大きく引き伸ばされて、ペニスの先端を吞みこんだ。途端になかから華蜜が溢れだし、股間周辺をぐっしょりと濡らしていった。

「くおっ、きつい……本当に久しぶりだったんだね」

まだ亀頭が入っただけだが、久志が苦しそうな声を漏らしている。

ペニスが締めつけられているのか、それとも彼女の身体を気遣っているのか、すぐには挿入せずに動きをとめていた。

（恭子さんが……あんな奴に……）

浩介の頭のなかは真っ白だった。

あまりにも衝撃的な光景を目の当たりにして、もうなにも考えられない。ただ呆然と立ち尽くし、襖の隙間に顔を押しつけていた。

当初は恭子を助けるためだったが、単なる覗き行為に成りさがっている。しかし、ここまできて、今さら目を離すことなど考えられない。恭子が熟れた肉体を犯されて、どんなふうに乱れていくのか、最後まで見届けずにはいられなかった。

「動かすよ。いいね？」

膣口がペニスの太さに馴染んできた頃を見計らって挿入が再開される。決して焦ることなく、一ミリずつ押しこんでいく。

「ンンっ……お、お願い、ゆっくり……久しぶりだから」

気の遠くなるようなスローペースだが、それでも恭子は敏感に反応した。

「あっ……あっ……」

「入ってくるの、わかるかい?」

「は、はい……あンンっ」

紅色の陰唇を巻きこみながら、太幹が少しずつ女壺に入りこむ。挿入されるたびに透明な蜜が溢れだし、臀裂(でんれつ)の狭間に流れこんでいた。

(あんなに濡らして……ううっ、恭子さん)

浩介の位置から、結合部が丸見えだった。

まがまがしい逸物が、恭子のなかに埋めこまれていくのがはっきりわかる。二人の表情は見えないが、彼女が感じているのは間違いない。鼻にかかった甘え声が、あまりにも生々しく彼女の興奮を伝えていた。

悔しくて頭の血管が切れてしまいそうだ。浩介は目を血走らせて歯ぎしりするが、同時に異様な昂(たか)ぶりを覚えていたのも事実だった。

完全に勃起していた。

自分の股間を見おろすと、浴衣の前が大きく盛りあがっている。ボクサーブリーフのなかは、大量に溢れた先走り液でドロドロになっていた。

（ど、どうして俺は……ク、クソッ）

屈辱にまみれながら、浴衣の前を割ってボクサーブリーフを引きおろす。急いで屹立したペニスを剝きだしにすると、犯されている片想いの女性を凝視して猛烈にしごきはじめた。

「あああッ、く、苦し……」

恭子の唇から、喘ぎとも呻きともつかない声が溢れだす。長大なペニスを根元まで埋めこまれて、宙に浮いたつま先がピーンッと伸びきっていた。

「あううっ、そ、そんなに……」

「ほら、わかるかい？　俺たち、ひとつになったんだよ」

「せ、先輩……うンンっ」

二人の声が途切れて、湿った音が聞こえてくる。ディープキスを交わしているらしいが、浩介の位置からは確認できない。もどかしさが募り、しごくペニスの先端から透明な汁が滴り落ちた。

「恭子ちゃんのなか、すごく熱くて、気持ちいいよ」

「わ、わたし……こんなこと、いけないのに……」

「まだ旦那さんのことを気にしてるんだ」

「やっぱり……いけないわ」

恭子が小声でつぶやくが、久志は今さらやめるつもりはないらしい。股間をますます押しつけて、ペニスをより深く埋めこんだ。

「ああぁっ、それ以上は……」

「俺が忘れさせてやるよ。旦那さんのこと」

低い声で囁くと、いよいよ腰を振りはじめた。

最初はゆっくりとしたピストンだ。亀頭が抜け落ちる寸前まで引き出し、再び根元まで押しこんでいく。ペニスと蜜壷を馴染ませるような動きを繰り返し、少しずつスピードをアップさせる。

「あっ……あっ……わたし、どうしたらいいの？」

濡れ方が激しくなり、恭子が困惑の声を振りまいた。

送りこまれる快楽の大きさに戸惑っているのかもしれない。貞淑でありたいと思うからこそ、夫以外のペニスを受け入れて、なおかつ感じているという事実に苦しんでいるのだろう。

「せ、先輩、わたし……ああっ」

「迷うことないよ。身体はこんなに悦んでるじゃないか」

　未亡人の貞淑な心を弄ぶように、久志が腰の動きを速くする。ペニスを抜き差しするたび、愛蜜がジュブジュブと掻きだされて泡立った。

「はああッ、も、もっと、ゆっくり……」

「どうして？　感じ過ぎるから？」

　恭子の懇願は聞き入れられず、意地悪するように抽送が激しくなる。陰嚢を叩きつけるようにピストンされて、喘ぎ声のトーンが一気に高まった。

「ひあッ、ま、待って……あああッ、強すぎますっ」

「その調子で喘いでごらん。もっと気持ちよくなれるよ」

　久志は彼女にしっかり覆い被さり、猛烈な勢いで腰を振りたてる。すると、恭子は下から男の背中に手をまわし、しっかりとしがみついた。さらには両脚も絡みつかせて、遠慮がちに腰を振りはじめる。

「ああッ、も、もう……あああッ、もうっ」

「やっぱり溜まってたんだね」

「いやンっ、た、溜まってなんか……あああッ、そんなこと言わないでっ」

　口ではそう言いながらも、恭子の腰振りは激しくなっていった。

三十路の未亡人が、ついに欲望を剥きだしにした瞬間だった。

濡れそぼった蜜壷でペニスを絞りあげて、あられもない嬌声を迸らせていく。

「くっ……どんどん締まってくるよ」

久志も苦しげにつぶやき、さらに力強く腰を振りたてる。太さを増した肉柱が、濡れ穴に出入りを繰り返す。湿った音も大きくなり、本能を刺激する淫らな香りがひろがった。

「ああッ、そんなにされたら……あああッ」

「し、締まるっ、おおおッ」

恭子の喘ぎ声と、久志の呻き声が交錯する。

いつしか二人は本能にまかせて腰を振っていた。より大きな快楽を求めて、性器と性器を擦り合わせる。傍から見ているだけでも、激烈な官能の熱気に巻きこまれてしまいそうだ。

「あああッ、先輩っ、わたし、もうダメになりそうっ」

「お、俺もだ……くううッ、恭子ちゃんっ」

「い、いっしょに……あああッ、いっしょにっ」

二人は息を合わせて腰を振り、絶頂への階段を一気に駆けあがった。

「おおおッ、で、出るっ、おおおッ、ぬおおおおッ！」

「ひああッ、熱いっ、ああッ、あああッ、イ、イクっ、イッちゃううぅッ！」

久志が獣（けもの）のような唸り声をあげながら腰を震わせる。それと同時に、恭子は四肢を男の体に巻きつけて、感極まったよがり泣きを響かせた。

（くううッ、恭子さん、俺も……くうううぅッ！）

襖の隙間から覗いていた浩介も、こらえきれず欲望を解き放った。

下唇を強く嚙み締めて、大量に噴きだした粘液を左手で受けとめる。浩介は泣いていた。泣きながら精液をドクドクと放出した。屈辱にまみれながらの射精は、虚しいけれど凄まじいまでの快感だった。

（……俺はなにをやってるんだ）

絶頂の余韻（よいん）のなか、自己嫌悪が湧きあがってくる。

目の前で片想いの女性を寝取られた。しかし、彼女が受け入れた以上は、見ていることしかできなかった。

第二章　未亡人の甘い誘い

1

草津のツアーから二日後――。

浩介は夕日が差しこむ会社の事務所でデスクに向かっていた。

誰もが忙しそうに働いている。ところが、浩介の周囲にだけは、どんよりとした重い空気が漂っていた。

「はぁ……」

気を抜くと、つい溜め息が溢れてしまう。

調子があがらないまま、なんとか業務をこなしている状態だ。夏の行楽シーズン真っ最中だというのに、どうにも気合いが入らず困っていた。

原因はわかりきっている。

草津の温泉ホテルで、恭子が久志に抱かれて乱れる姿を目撃したことが、いまだに尾を引いている。あのときのショックは時間が経っても薄れるどころか、ますます重く心にのしかかっていた。

目を閉じれば、まるで記録フィルムを再生するように、あのときの光景を鮮明に思いだすことができる。

最初は困惑していた恭子だが、強引に迫られると流されるように情事に溺(おぼ)れていった。久志の巨根で貫かれて、悩ましい声でよがり泣いていた。普段の物静かな彼女からは想像がつかないほど淫らだった。

夫を亡くして淋しい思いをしていたのだから、仕方ないのかもしれない。女として脂(あぶら)が乗っている年齢だ。欲求不満に陥(おちい)っているのも当然のことだろう。

しかし、童貞の浩介にとっては、あまりにも衝撃的な体験だった。

ともすると、フラッシュバックに襲われる。耳の奥に恭子の喘ぎ声がよみがえり、蜜壺に男根が出入りするシーンが脳裏に映しだされるのだ。

仕事をしていても、集中力を欠いていた。

現在、コンビを組んでいるバスガイドが恭子なので、ことあるごとに思いだしてしまう。できるだけ業務以外の会話は避けていたが、それでも彼女と目が合うだけで頭のなかがピンク色に染まった。

いっそのこと、恭子を嫌いになれたらどんなに楽だろう。

しかし、熱い想いは募る一方だった。しかも彼女は覗かれていたことを知らず、いつもどおりに話しかけてくる。無視するわけにはいかないので、平静を装うのが大変だった。

今日は『スカイツリー日帰りツアー』があったのだが、途中信号無視をしそうになって急ブレーキを踏んだ。恭子に注意されると、「恭子さんのせいなのに」とやるせない気持ちになった。

そして、会社に戻ってから決定的なミスを犯した。

恭子の誘導でバスを駐車場に停車させたのだが、ほっとしたのがいけなかった。サイドブレーキを引き忘れて、バスが動いてしまったのだ。

幸い恭子にぶつかることはなく、後部のバンパーが柵に触れただけだった。ほんの少し擦り傷がついた程度だが、事故であることに変わりはない。上司に報告すると、こっぴどく叱られた。

あまりにも初歩的なミスだった。

プロの運転手として、いかなる理由があろうとも、事故は絶対にあってはならないことだ。

（運転手失格だよ……）

浩介のデスクには『事故報告書』が置かれている。

やっとバスの運転手になれたというのに、こんなつまらない事故を起こしてしまうなんて……。

立ち直れないほど深く落ちこみ、またしても溜め息が溢れだす。

窓の外を見やると、先ほどまで夕日に染まっていた空が暗くなりかけていた。暮れゆく景色を眺めていると、ますます気持ちが沈みこんでいく。そのとき背後から声をかけられた。

「国仲くん」

顔を見なくても恭子だとすぐにわかった。

なにを話せばいいのかわからないが、黙っているわけにもいかない。叱られるのを覚悟して、恐るおそる振り返った。

「報告書、できた？」

いつにもましてやさしい笑顔に迎えられる。思わず見蕩（みと）れそうになり、浩介は慌てて口を開いた。

「い、いえ……まだ……」

「じゃあ、いっしょに書きましょうか」

恭子は近くの空いている椅子を持ってくると、すぐ隣で腰掛ける。肩と肩が触れそうになっていた。黒髪から甘いシャンプーの香りが漂ってきて、無意識のうちに大きく吸いこんだ。

「あ、あの……」

「わたしたちコンビでしょう。事故はわたしの責任でもあるわ」

その言葉に感動すら覚える。それと同時に、彼女の美貌を息がかかりそうな距離で目の当たりにして、心臓の鼓動が速くなっていた。

「じ、事故を起こしたのは俺ですから……恭子さんに責任はありません」

懸命に視線を逸らし、事故報告書に記入する振りをする。これ以上見つめていると、またあの場面を思いだしてしまいそうだった。

「ううん、わたしが最後までちゃんと誘導しなかったから。ごめんなさい」

恭子が申し訳なさそうに頭をさげる。コンビとして責任を感じているらしく、悲痛な表情になっていた。

「そんな、謝らないでください」

彼女の気持ちが嬉しくて、危うく涙が溢れそうになる。

先日の淫蕩な姿と重ならない。あれは夢だったような気がしてくる。目の前の恭子は、淑やかで心やさしい女性だった。

「俺……ご迷惑おかけしちゃって……」

声が掠れてしまう。申し訳ない気持ちでいっぱいだった。

「暗い顔しないの」

「でも……」

「どこまで書いたの？　あら、まだ真っ白じゃない」

恭子は事故報告書を覗きこむと、目を丸くしてつぶやいた。

「す、すみません……」

小一時間ほどデスクに向かっているが、まだ自分の名前を記入しただけだ。まったく進んでおらず、溜め息ばかりついていた。

「この後、なにか予定ある？」

唐突に尋ねられて、訳がわからないまま首を振る。すると、彼女はふっと表情をほころばせた。

「それなら、これを書いたら食事に行きましょうか」

「え……？」

「国仲くん、お酒は好き？」

艶やかな唇から放たれた「好き」という単語が、頭のなかで響き渡る。憧れの人から食事に誘われて、天にも舞いあがるような気持ちだった。

「わたしとじゃ、いや？」

少し淋しそうに見つめられて、浩介は首を思いきり左右に振りたくった。

「と、とんでもないです、光栄です！」

つい声が大きくなってしまい、事務所にいた人たちの視線が集まってくる。口を押さえて肩をすくめると、彼女は楽しそうに「ふふっ」と微笑んだ。

「とにかく報告書を書いてしまいましょう」

「はいっ」

浩介はかつてない集中力を発揮して、事故報告書をあっという間に完成させた。

「俺、向いてないんですかね……」

せっかく恭子と飲みに来たのに、ネガティブな言葉が口をついてしまう。それほどまでに浩介の気持ちは沈みこんでいた。

先ほど事故報告書を完成させて係長に提出したのだが、またしても長々と説教されてしまった。

——こんな書類一枚を書くのに何時間かかってるんだ。

——そんなことだから、つまらん事故を起こすんだ。

——おまえ、本気でドライバーをつづけるつもりあるのか？

こってりと油を絞られて、またしても深く落ちこんだ。

完全に自信喪失してデスクに戻ると、私服に着替えた恭子が待っていた。淡い水色のブラウスにクリーム色のフレアスカートが素敵だったが、ノックアウト寸前まで打ちのめされて褒める気力も湧かなかった。

浩介も更衣室で私服に着替えてきた。

アパートは歩いてすぐなので、通勤はいつも気軽な格好だ。今日はTシャツにジーパンという近所のコンビニにでも行くような服装だった。恭子と飲みに行くとわかっていたら、少しは気を遣ったのに……。

彼女はまったく気にする様子もなく、浩介を連れだしてくれた。

会社の近くにある居酒屋に入り、ボックス席で向かい合わせに座った。彼女がビールとつまみを注文してくれたが、浩介は肩を落としてうつむいていた。

「運転の仕事、向いてないのかな……」

「失敗は誰にでもあるわ。係長だって発破をかけるつもりで、あえて厳しいことを言ったのよ」

恭子が元気づけるように声をかけてくれる。それでも、浩介は顔をあげることができなかった。

「まだ若いんだもの。失敗して成長すればいいのよ」

「はい……」

「わたしだって、いろいろあったのよ」

「恭子さんも？」

思わず顔をあげると、恭子がやさしい瞳で見つめていた。

視線を重ねたまま、にっこりと微笑みかけてくれる。それだけで、心が少し和むような気がした。

元気のいい店員が、タイミングを見計らっていたように生ビールのジョッキを運んでくる。冷えたジョッキから泡が溢れそうになっていた。

「とりあえず乾杯しましょうか」

うながされてジョッキを持つと、彼女がコツンとぶつけてくる。

「未来ある若きドライバーに乾杯っ」

「え？　か、乾杯」

戸惑いながらも応じて、冷えたビールを胃に流しこんだ。

「ぷはっ！」

夏はビールに限る。一気にジョッキ半分ほど飲むと、また少し気分が軽くなったような気がした。

「わたしも新人の頃は失敗ばっかりで、いつも辞めようと思ってたのよ」

「ええっ、辞めようと思ったことなんてあるんですか？」

「もちろんあるわよ」

当然のように言うが、今の彼女からはとても信じられなかった。

「毎日思ってたわ。先輩に叱られてはトイレで泣いたりして」

恭子は肩をすくめると、恥ずかしそうに視線を逸らした。

完璧なバスガイドに見える恭子でも、新人時代は悩んでいたらしい。いったい、いつから天職と思えるようになったのだろう。

「泣くほどつらかったのに、どうしてつづけたんですか？」

浩介が質問すると、彼女は少し考えるように黙りこんだ。

「やっぱり、バスガイドが好きだったからかな」

単純明快な言葉に説得力が感じられる。本当に好きだからこそ、苦難を乗り越えて素晴らしいバスガイドになれた。じつにシンプルな答えだった。

「国仲くん、バスの運転手になるのが子供の頃からの夢だったんでしょう。そういう人こそ向いてると思うの」

「……そうでしょうか」

「絶対そうよ。だから、自信を持って」

彼女はテーブルの上に身を乗りだすようにして語りかけてくる。話しながら、少しずつ熱が籠もってくるような気がした。

「事故は事故かもしれないけれど、あれくらいで済んでよかったわ。お客さまが乗ってなかったんだから」

「はい……」

「勉強になったと思って明日から頑張ればいいじゃない」

恭子が珍しく熱くなっている。それだけ親身になってくれている、ということだろうか。怖いくらい真剣な瞳で見つめながら、どんどん顔を近づけてきた。

「そう思わない？」

「お、思います……」

迫力に気圧されるように返事をする。さらに、彼女は情熱的に語りつづけた。

「だから、辞めるなんて言わないで」

「あ、あの……」

「係長だって国仲くんのこと買ってるのよ。厳しく叱るのは、期待の裏返しなの。やっとドライバーになったんだもの。辞めたりしたらもったいないわ」

「あの、恭子さん……」

誤解は早めに解いておいたほうがいい。この状況では言いづらかったが、遠慮がちに口を開いた。

「俺、辞めるなんて言ってないです」

「……え？」

恭子がはっとしたように肩をすくめる。そのとき、ブラウスに包まれた乳房が、タプンッと音をたてそうなほど波打った。

（おっ……）

浩介は視線を交わしたまま、視界の隅に乳房を捉えていた。

ちょうど胸の膨らみの下で腕を組むようにして、テーブルの上に身を乗りだしている。そのため、乳房の豊満さがより強調されていた。しかも、前傾になっているのでブラウスの襟もとから微かに谷間が見えているではないか。

（これは、なかなか……）

白い双乳が寄せられて、柔肌が魅惑的な渓谷を形成していた。ところが、彼女がすっと身を引いたため、夢のような光景は消滅してしまった。

「やだ、わたし……ごめんなさい、勝手に勘違いして熱くなってしまって……」

恭子はすっかり恐縮していた。

先ほどまでの迫力は消え失せて、顔が見るみる真っ赤に染まっていく。羞恥がこみあげてきたのか、声もすっかり小さくなってしまった。

「昔ね、小さな事故を起こして落ちこんでるドライバーがいて、その人と国仲くんのイメージが重なって……本当にごめんなさい」

「い、いえ……大丈夫です」

おそらく結婚退職する前の話だろう。以前にも彼女は運転手を慰めたことがあるようだ。そのとき、辞めると言いだした運転手を必死に説得したのかもしれない。だから、今もあれほど熱くなったのではないか。

（恭子さんにあんな一面があるなんて意外だったな）

少し驚いたが、おかげで元気を取り戻すことができた。

恭子は淑やかに見えて、いろいろと別の顔を隠し持っている。先日の草津ツアーでのこともそうだが、先ほどの情熱的な説得も、普段の姿からはまったく想像がつかなかった。

（もっと知りたい……）

言葉を交わすほど気になってしまう。彼女といっしょにいると、探求心が刺激されるから不思議だった。

「なんか面白いですね。恭子さんって」

自然と笑みがこぼれていた。

事故を起こしたことを忘れたわけではないが、くよくよしていても仕方がない。今回のことを教訓にして、二度と事故を起こさないように注意する。そういう心構えが大切だということがわかった。

「面白い？　わたしが？」

「奥深いっていうか、なんか意外なことばっかりで」

「あっ、また国仲くんに笑われた」

恭子が怒った振りをして頬を膨らませる。こんな茶目っ気たっぷりの彼女を見るのも初めてだった。

先ほど注文したつまみが運ばれてきた。

刺身や焼き鳥の盛り合わせ、肉じゃが、枝豆、冷やしトマトなど、テーブルいっぱいに料理が並べられていく。

「すごい量ですね」

「落ちこんでたから、たくさん食べてもらおうと思って」

彼女の気遣いが嬉しかった。

そもそも女性と二人きりで食事をするのなど初めての経験だ。しかも相手は恭子だ。こうして向かい合っているだけでも、自然とテンションがあがってくる。

「でも、よかったわ。少し元気になってくれたみたいで」

「ありがとうございます。また明日から頑張ります」

素直な気持ちで言うことができた。

しかし、頭の片隅では恭子と久志が抱き合っていた場面がチラついてしまう。憧れの恭子に慰めてもらえるのは嬉しいが、あの衝撃的な夜のことを思いだすと複雑な気持ちだった。

（いや、あいつが強引に迫ったんだ。恭子さんが誘ったわけじゃない）

よくよく考えると、恭子に非はないような気がしてくる。

久志が強引だったのは確かだ。旦那を亡くして淋しかった恭子は、身体をまさぐられているうちに火がついてしまった。欲求不満を溜めこんだ身体が反応して、ついには流されてしまったのではないか。

心やさしい恭子のことだから、無下に断ることができなかったのだろう。

まったく気にならないと言えば嘘になる。忘れることなど不可能だ。それでも、恭子と二人だけで飲む機会は二度とないかもしれないので、浩介はなにも見なかったことにして平静を装いつづけた。

仕事の失敗談や好きな観光コース、さらには最近観たテレビのことなど、雑談で大いに盛りあがった。二人してジョッキを何杯もおかわりして、気づいたときにはかなり酔いがまわっていた。

「ところで、彼女はいるの？」

突然軽い調子で恭子から訊かれて、危うくビールを噴きだしそうになった。

彼女なんているはずがない。一度も女性と手を握ったことすらないのだ。高校時代は勉強もスポーツも平凡で、なにひとつ目立つことがなかった。クラスの女子とは会話らしい会話をした記憶もなかった。

　適当に誤魔化せばよかったのかもしれない。しかし、片想いの相手から尋ねられて、二十二年間彼女なしで童貞の浩介はどう答えていいのかわからなかった。

「そ……その……」

　なにか言わなければと思うが、酔っていたせいもあってなにも頭に浮かばない。つい黙りこんで、せっかく盛りあがっていた空気が急速に冷めていく。

「ど、どうして……そんなこと訊くんですか？」

「国仲くん？」

　恭子も浩介のおかしな様子に気づいたのかもしれない。申し訳なさそうに顔を覗きこんできた。

「俺、二十二なのに、まだなんにもないんです。は……ははっ」

　情けなかった。情けなくて恥ずかしかった。もう笑って誤魔化すしかない。乾いた笑い声を響かせるほどに、虚しさが胸の奥に募っていった。

「ごめんなさい……つい余計なこと訊いちゃって」

　謝られるとなおのことつらくなり、じんわりと涙が滲んでしまう。思わずうつむいたとき、店員がラストオーダーを取りに来た。

もう十一時すぎだった。

最後の最後におかしな空気になってしまったが仕方ない。短い時間でも夢を見ることができてよかった。

「今日は遅くまで、ありが――」

「わたしの家で飲み直しましょうか」

浩介の言葉は、恭子の声に掻き消された。

「……え？」

「すぐ近くなの。少しくらい遅くなっても大丈夫でしょう？」

自宅に誘われるなんて信じられない。呆然としていると、彼女は返事をうながすように微笑みかけてきた。

（ほ、本当にいいのか？）

喉が急速に渇いて声が出なくなる。浩介は頬の筋肉をひきつらせながら、不自然な動きで何度も頷いた。

2

恭子のマンションは会社から歩いて数分の場所にあった。

(ど……どうして俺はここにいるんだ?)

浩介はリビングのソファに腰掛けて、周囲に視線をさ迷わせた。

かなりの量を飲んだのに、酔いはすっかり醒めている。なにしろ、女性の部屋に入るのは生まれて初めてだ。しかも部屋の主は高校時代から想いつづけていた恭子なのだから、緊張するなと言うほうが無理な話だった。

それにしても、ひとりで住むには広すぎる3LDKの立派なマンションだ。

リビングには三人掛けのソファとガラス製のテーブル、大型の液晶テレビが置かれている。白い壁にはヨーロッパの街並みを思わせる風景画がかかっており、対面キッチンの前にある食卓には花が飾られていた。

「ワインでいいかしら?」

恭子がグラスとワインのボトルを手にして、微笑を湛えながら戻ってくる。

淡い水色のブラウスにクリーム色のフレアスカートという私服姿だ。バスガイドの制服姿もいいが、私服の彼女と過ごせるのは感激だった。美貌がアルコールでほんのりと染まっており、大人の色気を感じさせた。

（ああ、なんて綺麗なんだ……）

思わずぼんやりと見惚れてしまう。すると彼女が小首をかしげるように見つめ返してきた。

「あ……す、すみません」

胸を打ち抜かれたような気がして視線を逸らす。こうして同じ空間の空気を吸っているだけで、浩介の緊張は最高潮に達していた。

「国仲くん……」

恭子が隣に腰掛けてくる。三人掛けソファなのに、やけに接近していた。

「赤ワインは好き？」

「は……い……」

声が掠れて、まともに話すことができない。自分のつま先を見つめたまま、身動きが取れなかった。

テーブルに脚の長いグラスが二つ置かれて、赤々としたワインが注がれていく。その情熱的な色が、心の奥底にあるなにかを掻きたてるような気がする。彼女と二人きりだと思うと、おかしな気持ちになりそうだった。

（俺って馬鹿だよな……）

緊張しながらも、自己嫌悪に陥っている。

恭子が相手にしてくれるはずがない。心やさしい彼女は、情けない後輩を慰めようとしているだけだ。それなのに、ひとりで勝手に意識して緊張している自分が滑稽だった。

「もう一度、乾杯しましょうか」

うながされてワイングラスに手を伸ばす。ワインを飲むことなど滅多にない。細い脚を恐るおそる摘み、彼女の真似をして軽く掲げた。

そのときだった。浩介は思わず両目を大きく見開いた。

フレアスカートの裾が大きくめくれあがり、太腿がなかほどまで覗いている。普段がきっちりしているだけに衝撃は大きい。見た目以上に酔っているのか、恭子本人は裾が乱れていることにまったく気づいていなかった。

ナチュラルカラーのストッキングで覆われた太腿は、太すぎず細すぎず適度な脂を乗せてむっちりとしている。業務中もチラリとなら見えることもあるが、私服だと興奮度合いがまるで違っていた。

（こ、これは、教えたほうが……）

黙っているのはまずいと思うが、かといって指摘するのもむずかしい。余計なことを言って、いい雰囲気を壊したくなかった。

「わたしたちの夜に乾杯」

「か……乾杯」

結局なにも言えないまま乾杯をした。

慣れないワインをひと息に飲み干した。濃厚な葡萄の香りと甘み、そして微かな酸味がふんわりとひろがっていく。同時にアルコールが喉から胃にかけてを灼くのがわかった。

飲み過ぎると危険だ。頭の片隅では冷静に判断していたが、気持ちは極度に張り詰めている。アルコールの力を借りて、緊張を解きほぐしたかった。

空になったグラスに、恭子がワインを注いでくれる。恐縮して頭をさげると、彼女は「ふふっ」と楽しそうに笑った。

「そんなに硬くならなくてもいいのよ。仕事中じゃないんだから」

「は、はい……」

「まだ硬いなぁ。リラックスして」

やさしく声をかけてくれるのに、全身の筋肉が強ばったままだ。なにしろ、彼女はずっと想いつづけてきた相手なのだから……。

気を遣わせたくない。そんなことを考えると余計に緊張してしまう。

せっかく二人きりになったが、スマートに会話できない。嬉しさよりも、情けない気持ちのほうが大きくなってしまう。なにか話さなければと思うほど、頭のなかが真っ白になっていく。

「どうしたの？　黙っちゃって」

「あの、女の人と部屋で二人きりなんて緊張して……全然モテなかったから……俺、ダメですね」

目を合わせることができないままつぶやいた。

「そんなこと言わないで。大丈夫よ」

彼女の穏やかな声が耳に流れこんでくる。強ばった心を癒すような声音だった。

「俺なんかのこと、どうして構ってくれるんですか？」

「ううん……そうね……」

恭子は即答せずに考えるような仕草をする。傷つけないように、当たり障りのない言葉を探しているのだろう。彼女が本気で相手にしてくれるはずがなかった。

「やっぱり、コンビだからですか？」

理由はそれしかないだろう。

くよくよ悩む奴より、自信溢れる男がいいに決まっている。とくに彼女のようにひとりで生きている女性は、頼りがいのある男に惹かれるのではないか。たとえば高校時代の先輩、磯村久志のように……。

「俺、そろそろ……」

とどめを刺されるのが怖くなった。答えを聞く前に帰ろうと腰を浮かしかけたとき、再び彼女が口を開いた。

「亡くなった夫に似てるから……かな？」

予想外の言葉だった。

浩介は凍りついたように固まり黙りこんだ。どう返答すればいいのかわからず、頬の筋肉がこわばった。

「あの人も、国仲くんみたいにバスの運転手になるのが小さい頃からの夢だったの」

彼女の声が少し震えているように聞こえたのは気のせいだろうか。

横顔に熱い視線を感じる。緊張しながら顔を向けると、恭子が切なげな瞳で見つめていた。

「そういう人は他にもいるわ。でも、それだけじゃないの」

「そ、それって……」

「上手く言えないけど、似てるのよ……不器用なほどまっすぐで、一所懸命なところとか」

彼女はなぜか涙ぐんでいる。亡くなった夫のことを思いだしたのだろうか。

「もしかして、さっき話してくれた事故を起こしたドライバーの話って……」

「夫のことよ……」

正直複雑な気分だが、自分は恭子から好意的に思われているようだ。だからこそ、こうして自宅にまで招いてワインをご馳走してくれたのだろう。

「やだ、ごめんなさい。わたし、なに言ってるのかしら」

恭子がはっとしたように視線を逸らす。慌てたように照れ笑いを浮かべながら、グラスのワインを飲み干した。

「夫の話なんてつまらないわよね」

「そんなことありません！」

自分の声が思いのほか大きくて驚いてしまう。それでも、頭で考えるよりも先に言葉が溢れだしていた。

「つまらない話なんかじゃなかったです」

「……国仲くん？」

「あ……す、すみません、つい……生意気でした」

慌てて謝罪すると、恭子はふっと表情をほころばせる。そして、空いたグラスにワインを注いでくれた。

「ありがとう。やさしいのね」

そんな彼女のひと言で、顔が熱くなってしまう。鏡を見なくても、真っ赤に染まっているのがわかった。

「い、いえ、そんな……」

「照れてるの？」

恭子に見つめられて、なおのこと頭に血が昇っていく。きっと耳まで真っ赤に染まっているに違いなかった。

「か、からかわないでください……」

「本気で言ってるのよ。どうして恋人が……」

彼女は途中で言葉を呑みこむと、あらためて口を開いた。

「好きな子はいないの？」

「うっ……」

唐突に質問されて困惑する。まさか、目の前にいるあなたです、などと言えるはずがない。いつもなら完全に沈黙するところだが、なにか言わなければという気持ちが強かった。

「じつは……最近振られたんです」

無意識のうちに口走っていた。

実際に面と向かって告白して振られたわけではない。恭子と久志がセックスしているのを覗き見て、気持ちを伝える前に断られた気分になっていた。

「そうだったの。答えにくいこと訊いてごめんなさい。つらかったでしょう……」

「い、いえ」

思わず声が上擦ってしまう。恭子がすっと身を寄せて、ジーンズの太腿に手を乗せてきた。

「あ……あの？」

恭子は完全に寄りかかり、浩介の肩に頭を預けてくる。そして、情熱を秘めた瞳で見つめてきた。

「慰めてあげたいの」

「……え？」

「わたしが、国仲くんのこと……」

太腿に置かれていた手が移動して、ジーンズの股間に重なった。

「ううっ……ちょ、ちょっと……」

突然のことに慌てふためくが、軽く撫でられただけでペニスはむくむくと膨らみはじめる。なにしろ、女性に触られるのは初めてだ。ちょっとした刺激でも瞬く間に反応して、股間に特大のテントができあがった。

「もうこんなになってるわ」

恭子が囁くような声でつぶやいた。そして、切なげな瞳で見つめながら顔を近づけてくる。

「国仲くん……浩介くんって呼んでもいい？」

憧れの人に名前で呼ばれて、浩介は天にも舞いあがるような気持ちになった。

「は、はい……んんっ」

訳がわからないまま返事をすると、唇がそっと重なってくる。ふんわりとして柔らかい奇跡のような感触だ。

（キ、キス……恭子さんとキスしてるんだ！）

これが人生で初めての口づけだった。

記念すべきファーストキスを、ずっと想いを寄せてきた女性と体験できた。それだけで、涙が溢れそうなほど感激だった。

夢見心地に浸っていると、彼女の舌が唇の間に潜りこんできた。口内をヌルヌルと舐めまわされて、震えている舌を器用に絡め取られる。初めてのディープキスで、緊張と興奮が全身を駆け巡った。

「ンンっ、浩介くん……はむンっ」

恭子は鼻を鳴らしながら、やさしく舌を吸ってくれる。その間もジーンズの股間をねちっこく擦っていた。

「ううっ……そ、そんなにされたら」

唇を離すと、慌てて情けない声で訴える。

今にも暴発してしまいそうだ。童貞の浩介にはあまりにも刺激が強すぎる。早すぎて恥ずかしいが、いきなりパンツのなかにぶちまけて笑われたくなかった。

「お、俺……も、もう……」

限界が目の前まで迫っている。射精感が盛りあがり、腰が勝手に揺れはじめた。

「まだダメよ。もう少し我慢して」

恭子は股間から手を離すと、息がかかる距離で微笑んだ。なにをするのかと思えば、ベルトを緩めてジーンズのボタンを外してしまう。ファスナーもおろすと尻を持ちあげるように言われて、浩介は素直に従った。

ジーンズをボクサーブリーフごとおろされて、限界まで屹立したペニスが勢いよく跳ねあがる。唸りをあげた亀頭が、危うく彼女の鼻を打つところだった。

「あンっ……元気なのね」

「す、すみません……」

つい謝ってしまう。戸惑っている間に下半身から服を剝ぎ取られて、反り返った男根が無防備に晒された。

「こんなになっちゃって。若いって素敵だわ」

恭子が瞳を細めて、屹立に視線を絡めてくる。うっとりしたような溜め息が、カウパー汁で濡れた亀頭に吹きかかった。

「うっ……きょ、恭子さん」

恥ずかしくて隠れたくなる。ところが、肉胴に指を巻きつけられると、途端に快楽の波が襲ってきた。

「すごく硬くなってるわ」

ゆったりとしごかれて、亀頭の先端から新たな汁が溢れだす。いったんは収まりかけていた射精感が、またしても一気に跳ねあがった。

「くううっ……」

「強すぎる？」

目を見つめて尋ねられるだけで、快感が大きくなる。首を左右に振ると、しごくスピードが少しだけ速くなった。

「ううっ……こ、これは……」

「これが感じるの？」

「は、はい……うむっ」

彼女の指が肉胴をやさしく擦るたび、亀頭が先走り液にまみれていく。大きく張りだしたカリのあたりをしごかれると、ヌチャヌチャと湿った音が響き渡った。

「くおおっ、そ、それ、すごいです」

これまでに経験したことがないほどの悦楽が突き抜ける。未亡人のやさしい手つきが心地いい。ところが、今にも達してしまいそうなのに、異常なほど緊張しているせいか発射できない。もどかしい快感ばかりが継続していた。

「うっ……ううっ……」

「そんなに緊張しなくていいのよ。わたしと二人きりなんだから」

「で、でも……」

どうしても余計な力が入ってしまう。男根だけではなく、全身の筋肉が無駄に硬直していた。

「わたしにまかせて。浩介くんはなにも考えなくていいの」

恭子は穏やかな口調で囁くと、ソファからおりて浩介の脚の間にひざまずく。そして、カウパー汁にまみれたペニスをぱっくりと咥(くわ)えこんできた。

「おおおッ！」

いきなり根元まで呑みこまれて、これまでにない鮮烈な快感がひろがった。

生温かい口腔粘膜が、硬直した男根を包みこんでいる。肉厚の柔らかい唇が、勃起の根元をやんわりと締めつける感触もたまらない。浩介は一瞬にして、初めて経験するフェラチオの虜(とりこ)になっていた。

「きょ、恭子さんの唇が……くううッ」

「ンっ……ンンっ……」

彼女がゆったりと首を振りはじめる。唇がヌルヌルとスライドして、快感がさらに膨れあがった。

「こ、こんなに、き、気持ち……くうぅッ」

「好きなときに出してね……はむンっ」

いったんペニスを吐きだして上目遣いに囁くと、すぐさま口唇奉仕を再開する。太幹を咥えこんで、リズミカルに首を振りたてた。

「ンふっ……むふっ……ンふぅっ」

「ぬおおッ、す、すごいっ……おううぅッ」

ペニスから四肢の先まで愉悦（ゆえつ）がひろがっていく。全身の細胞が溶けていくような感覚に包まれて、呻き声をあげずにはいられない。頭のなかが真っ白になり、もうなにも考えられなかった。

「くおおッ……うおおおッ」

「あふっ……はむっ……むふふンっ」

恭子が鼻を鳴らしながら首を振る。ペニスを咥えたまま上目遣いに見つめると、ジュボジュボと卑猥（ひわい）な音を響かせて、強烈な快楽を送りこんできた。

「も、もうっ、おおおおッ」

呻き声を抑えられない。ペニスが蕩けてしまいそうで腰が勝手に震えだす。先走り液の量も増えて、尻がソファから浮きあがった。

「ンンッ……ンふうッ……あむうッ」

「で、出ちゃいますっ、おおおッ、ぬおおおおおッ！」

ついに腰を激しく震わせながら、まるで火山が大噴火したように大量のザーメンを放出する。それと同時に恭子が頬をぼっこり窪ませて、ペニスをジュブブブッと思いきり吸引した。

「はむうううッ！」

「うおおおッ、す、すごっ、そんなに吸われたら……」

まるで魂まで吸い出されるような快楽だ。射精中のザーメンを強制的に吸いあげられて、全身の毛がいっせいに逆立った。

「おおおおッ、うほおおおおッ！」

腰を不規則に弾ませて、これまでにないほど大量の白濁液を吐きだした。

股間に顔を埋めてペニスを咥えこんでいる恭子が、喉を鳴らしながら粘液を嚥下していく。

（これは……現実なのか……）

突然舞い降りた幸運が、とても現実のものとは信じられない。

夢のなかを漂っているような快楽とともに、浩介の意識は暗い闇に呑みこまれていった。

3

「……すけくん……浩介くん」

何度も名前を呼ばれて、暗闇のなかから意識が浮かびあがってくる。重たい瞼を開くと、すぐ目の前に恭子の心配そうな顔があった。

「大丈夫？」

ほんの少し顔を突きだせば、簡単にキスできてしまう距離だ。

「あ……」

浩介はソファに浅く腰掛けて、背もたれにぐったりと体重を預けていた。

どうやら気を失っていたらしい。おそらく数秒のことだと思うが、完全に意識が途切れていた。

彼女の唇に視線が吸い寄せられる。

さくらんぼのように、ピンク色でふっくらとしていた。見るからに柔らかそうで、男なら誰もが虜になる魅惑的な唇だ。

(俺は……あの唇で……)

快楽の記憶が急速によみがえってくる。

憧れの恭子がやさしく慰めてくれた。ほっそりとした指で股間をまさぐり、硬くなった男根を唇で癒してくれた。

夢ではない。すべてが現実だった。

その証拠にジーンズとボクサーブリーフを脱がされており、下半身が剝きだしになっている。ペニスは先端から根元まで彼女の唾液でコーティングされて、ヌラヌラと妖しい光を放っていた。

この世のものとは思えない快感だった。

ペニスをこってりとしゃぶられて、これでもかと精を搾(しぼ)りとられた。初めてのフェラチオで悶えまくり、ついには意識を失ってしまった。

「わたしのことわかる?」

隣に腰掛けた恭子が、覆い被さるようにして顔を覗きこんでくる。

つい先ほどまで快楽の呻きを漏らしていた男が、ぱったりと黙りこんだのだ。心配にならないわけがなかった。

「は……はい……もう大丈夫です」

答えながらも、彼女の唇から目が離せない。あれほど大量に射精したのに、一滴残らず飲み干してくれた。感激と興奮の余韻が下半身に生々しく残っている。まだ頭の芯がボーッとなっていた。

「よかった……救急車を呼ぼうかと思ったのよ」

ようやく安心したのか、恭子が頭を撫でてくる。しばらく切なげな瞳で見つめていたが、いきなり首にしがみついてきた。

「もう、本当に心配したんだから」

掠れた声でつぶやき頰擦りをしてくる。反射的に彼女の背中に手をまわすと、小刻みに震えていた。

(えっ……泣いてる?)

どういうわけか、彼女は嗚咽を漏らしている。ほんの一瞬、気を失ったことで泣くほど驚かせてしまったのだろうか。

そのとき、ピンと来るものがあった。

もしかしたら、旦那のことを思いだしたのではないか。かけがえのない人を失った悲しみは、彼女の心の深い場所に刻みこまれている。病床に伏す夫と重なり、不安がこみあげたのかもしれなかった。

「お、俺、気を失ってたんですか？」

浩介はできるだけ明るい声を心がけた。

「あんまり気持ちよかったから、わけわかんなくなっちゃって」

彼女の悲しい記憶を呼び覚ましてしまったのなら、なんとかして元気づけたい。少なからず責任を感じている。気持ちよくしてもらったお返しではないけれど、自分の力で暗い気分を振り払ってあげたかった。

「だって、俺、経験ないんですよ。気持ちよすぎてびっくりしました。でも、フェラチオで失神なんて聞いたことないですよね。困ったやつですね——」

おどけた調子で必死に捲(まく)したてると、恭子がさらに強くしがみついてくる。そして、愛(いと)おしげに頬を擦り寄せてきた。

「やさしいのね」

「お、俺は、別に……」

「ありがとう」

耳もとで囁かれて動揺してしまう。

浩介はどうすればいいのかわからず、彼女の背中をそっと撫でた。恭子は気持ちを落ち着かせるように、しばらく頬を寄せたままじっとしていた。

「慰めてあげるつもりだったのに、わたしが慰められちゃった」

恭子は身体を離すと指先で目もとを拭った。気を取り直すように肩をすくめて微笑む姿が、年上だけど健気で愛らしい。

(今でも旦那さんのことを……)

胸の奥が切なくなった。

どんなに恋い焦がれたところで、恭子は亡くなった旦那のことを想っている。旦那とイメージが重なるからこそ、こうして浩介を相手にしてくれるのだ。彼女の心を癒せる男は、旦那しかいないのだろうか……。

なにはともあれ、二人を取り巻く空気が軽くなった。ところが、恭子は驚いたように下半身を見つめていた。

「それって……」

「はい?」

浩介も釣られて自分の股間に視線を向ける。その瞬間、頬の筋肉がひきつった。

つい先ほど初めてのフェラチオで大量の射精を遂げたというのに、ペニスが青筋を浮かべていきり勃(た)っている。先端の鈴割れからは透明な先走り液が滲みだして、亀頭全体を濡らしていた。

「わっ……」

額にじんわりと汗が滲んだ。身体を密着させていたことで、下半身は再び元気を取り戻してしまった。

ずっと片想いをしていた女性に抱きつかれて平静でいられるはずがない。とはいっても、今はタイミングが悪すぎた。せっかく彼女を慰めたのに、じつは勃起していたとなれば幻滅されて当然だった。

（ま、まずい……）

額に滲んだ汗がこめかみを流れ落ちる。

絶対に嫌われたくないが、この状況では言いわけのしようがない。浩介はソファから立ちあがると、ガラステーブルを押しやって気を付けの姿勢をとった。

「すみませんでした！」

深々と腰を折って頭をさげる。浩介にできるのは、誠心誠意をこめて謝罪することだけだった。

「ちょっと……あ、謝ることないのよ」

恭子も慌てた様子で立ちあがる。浩介の肩に手を置き、そっと擦ってきた。

「浩介くん、顔をあげて」

「でも……俺……」

こうして謝罪している最中も勃起している。これでは性欲の塊と思われても仕方なかった。

「怒ってないのよ。若いんだから、すぐ元気になっちゃうのよね」

やさしい言葉が胸の奥に染み渡る。恐るおそる顔をあげると、恭子が包みこむような表情で見つめていた。

「恭子さん……俺……」

「大丈夫、安心して。でも、どうしてそんなになってるの？」

「それは……」

さすがに言い淀んでしまう。恭子に触れていたからとは言えず、だからといって勃起を静めることもできなかった。

緊張しながら上目遣いに見やると、恭子の顔がほんのりと染まっていることに気がついた。もしかしたら、ペニスをしゃぶったことで高揚しているのかもしれない。心なしか呼吸が速くなっていた。

恭子が瞳で返答をうながしてくる。

なにかを期待しているような雰囲気があった。いったい、どんな答えを望んでいるのだろう。とにかく、黙っているわけにはいかない。なにかを言わなければ、この場を切り抜けられそうになかった。

「あ、あの……」

できる男なら、こういう場面をどうやって乗りきるのだろう。いや、そもそもできる男なら、こんな状況には陥らないのではないか。そんなどうでもいいことを、グルグルと頭のなかで考えていた。

「お……俺……」

どうしても言葉がつづかない。今さら謝罪でもないし、ましてや告白する場面でもない。もう、なにも頭に浮かばなかった。

「わたしが抱きついたりしたから？」

見かねたのかもしれない。恭子が助け船を出すようにつぶやいた。

「だから、そんなふうになっちゃったの？」

勃起をじっと見つめて、熱っぽい溜め息を漏らす。その表情が妙に色っぽくて、浩介は思わず何度も頷いた。

「そう……そうだったの」

答えに満足したのか、それとも不満だったのかはわからない。恭子はひとり言のようにつぶやき、情欲に濡れた瞳で勃起を見つめつづけていた。

（ううっ、そんなに見られたら……）

激烈な羞恥に晒されて、理性が麻痺しつつある。思考能力が低下して、牡の本能が剝きだしになってきた。

彼女とひとつになりたいという欲望が急速に膨れあがる。先ほどはフェラチオをしてもらったのだ。勇気を出せば、最後の一線を飛び越えられるかもしれない。もうここまで来たら、失うものはなにもなかった。

「お、お願いします！」

浩介はもう一度頭をさげた。

思えば自分から女性に話しかけたことなどほとんどない。中学のときも高校のときも、気になる女子を遠くから眺めているだけだった。そんなことだから、この年になるまで童貞を捨てられなかったのだろう。

「浩介くん、どうしたの？」

「俺の……俺の初めての人になってください！」

言わなければきっと後悔する。目をギュッと閉じると、玉砕覚悟で言い放った。

「恭子さんが初めての人になってくれたら、俺、死んでもいいですっ」

「ま、待って……初めての人って……」

恭子の困惑する声が聞こえてくる。しかし、浩介はもう顔をあげることができなかった。ひたすら頭をさげて懇願しつづけた。

「お願いします！　俺には恭子さんしかいないんです」

「そんなこと言われても……」

彼女は小声でつぶやいたきり黙りこんだ。突然無茶なことをお願いされて、困り果てているのだろう。

（やっぱり、マズかったかな……）

浩介は頭を垂れた状態で固まっていた。

フェラチオしてもらったからといって、筆おろしの相手になってくれとは、あまりにも図々しい提案だった。

恭子が気を悪くして上司に訴えたりすれば大事になる。下手をすれば、浩介は会社にいられなくなるかもしれない。いや、そんなことより、彼女に嫌われることが恐ろしかった。

「こんなお願いされたの、初めてよ」

苦笑混じりのつぶやきが聞こえてくる。どこか呆れたような、それでいながら包容力を感じさせる声音だった。

「どうしても……わたしとしたいの？」

「はい、どうしてもしたいですっ」

腰を深く折ったまま即答する。瞳を見つめて訴えたいが、やはり顔をあげる勇気はなかった。

「しょうがないわね……」

彼女が溜め息混じりに囁いた。

その直後、衣擦れの音が聞こえて、もしやという気持ちが盛りあがる。「しょうがないわね」という台詞は、無茶な願いを聞き入れてくれたということだろうか。半信半疑で頭をさげた姿勢を崩せなかった。

「浩介くんも脱いでね」

うながされてようやく顔をあげると、純白のブラジャーとパンティだけを身に着けた恭子が立っていた。

「おっ……おおっ」

思わず唸り声が溢れだす。覗き見たときとは異なり、すぐ目の前に彼女のセミヌードが迫っていた。

恭子は照れ笑いを浮かべると、両腕を背中にまわしてブラジャーのホックをそっと外す。途端に豊満な乳房がカップを弾き飛ばし、柔肉がプルルンッと波打ちながら溢れだした。

「あんまり見ないで、恥ずかしいから」

少し躊躇しながらパンティをおろせば、恥丘に生い茂る陰毛が露わになる。近くから見ると、なおのこと淫らがましく感じられた。憧れつづけた恭子のヌードを目の前で見ることができるなんて、夢のようだった。

「ほ、本当に……俺と？」

「怖くなったからやめる？」

恭子がまるで挑発するように悪戯っぽく微笑んだ。

浩介は慌てて体に残っていたTシャツと靴下を脱ぎ捨てた。ペニスは萎えることを忘れたように大きく反り返っている。ところが全裸になったのに、どうすればいいのかわからなかった。

「わたしが上になってもいいかしら？」

「は、はい……」

掠れた声で返事をしながら、絨毯の上に仰向けになる。すると、彼女が下肢をまたいで、屹立しているペニスに顔を近づけてきた。

「もう一度舐めさせてね。浩介くんの大きいから……はむンンっ」

亀頭を咥えられて、唇がゆっくりと肉胴をさがっていく。やがて肉柱全体が呑みこまれると、根元をやんわりと締めつけられた。

「むむっ……」

またしても蕩けそうな快楽がこみあげる。フェラチオで射精していなければ、とっくに欲望をぶちまけていたかもしれなかった。

恭子は口内で舌を使い、ペニスの隅々まで舐めまわす。カリの裏側にも舌先を遊ばせて、たっぷりの唾液でコーティングする。カウパー汁が次々と溢れるが、構うことなくゆるゆると首を振りつづけた。

「きょ、恭子さん……そんなにされると……」

射精感が盛りあがってくる。あまり高められると、挿入した途端に暴発してしまうかもしれない。少しでも長く繋がっていたいので、前戯はこれくらいにして早く筆おろしをしてもらいたかった。

「わたしも、欲しくなっちゃった」

恭子は目の下を赤く染めてつぶやくと、浩介の股間にまたがってくる。そして、太幹に手を添えて、両膝を絨毯についた騎乗位で腰を落としはじめた。

彼女の太腿の奥に、ピンク色の割れ目がチラリと見える。初めて生で目にする陰唇は、たっぷりの愛蜜で淫らに濡れ光っていた。浩介の興奮はますます高まり、頭のなかが沸騰したようになった。

ペニスの先端が、柔らかい部分にヌチャッと触れる。亀頭が濡れそぼった陰唇を押し開き、瞬く間に割れ目の狭間に消えていく。熱い媚肉が咀嚼(そしゃく)するように蠢き、肉胴に絡みついてきた。

「うおおッ！」

「ああっ、硬い」

「きょ、恭子さんのなか……おおおッ」

彼女が豊熟のヒップを完全に落としこみ、股間と股間が密着する。ペニスが根元まで埋まって、果汁たっぷりの媚肉が締めつけてきた。

「くうッ……や、やった……」

今にも暴走しそうな快感のなか、歓喜の呻きが溢れだす。

ついに童貞を卒業して、なんとも言えない達成感がこみあげた。しかも、相手が憧れの恭子だと思うと、感動のあまり涙がこぼれそうだった。

「奥まで入ってる……先っぽが奥まで届いてるわ」

「あ、熱くてすごく気持ちいいです」

　絡みついた膣襞（ちつひだ）がザワザワと蠢いている。まるで無数のナメクジがペニスを這いまわっているような感触だ。まだ挿入しただけで動いていないのに、凄まじいまでの快感に襲われていた。

「くううッ……」

「浩介くん、動いていい？」

　恭子がねっとりと濡れた瞳で尋ねてくる。浩介はもうまともにしゃべることができず、奥歯を食い縛って頷いた。すると、彼女は腰を前後にクイッ、クイッと振りはじめる。押しては返す波のようにゆったりとした動きだ。

「うううッ……ぬうううッ」

　ペニスが出たり入ったりを繰り返す。そのたびに媚肉が締めつけてきて、射精感を煽（あお）られた。

「す、すご……くううッ」

「はぁっ、我慢しなくていいのよ」

　そう言われても、すぐに射精するのは格好悪い。できるだけ長持ちさせようと、下唇を痛いくらいに嚙み締めた。

彼女はゆるゆると腰を振りつづけている。

陰毛同士が擦れ合う感触もたまらない。濡れた媚肉を掻きわけて前進したと思ったら、引きこもうとする力に逆らって後退する。ふたつの強烈な感覚に翻弄されて、浩介はたまらず涎を垂らしながら呻いていた。

「ヌルヌルして……うぬっ」

「ああンっ、やっぱり太いわ」

恭子は腹筋に両手を置いて、腰を艶めかしく振っている。大きな乳房を揺らしながら、浩介の顔をじっと見おろしていた。

「ねえ、気持ちいい？」

「くううッ……くうううッ」

あまりの快感にしゃべることができない。こみあげてくる射精感をこらえるのに精いっぱいだった。

「あっ……あっ……」

答えをうながすように彼女の腰の動きが速くなる。結合部からはクチュクチュッと卑猥な水音が響き渡っていた。

「おおおおッ、そ、そんなにしたら……」

「これがいいの？　感じてくれてる？」

「か、感じますっ、すごく……おおおッ」

これほどの快感はかつて味わったことがない。すでに先ほどのフェラチオを上回る愉悦が全身に蔓延（まんえん）している。決壊のときは刻一刻と迫っていた。

「お、俺、もう……くううッ」

「あああっ、好きなときにイッていいのよ」

恭子が腰の振り方を激しくする。それと同時に両手の指先で、浩介の乳首をやさしく摘みあげてきた。

「うわッ、それっ、くおおおッ」

まるで電流を流されたような刺激が走り抜ける。それによって腰が勝手に浮きあがり、ペニスが膣の奥まで入りこんだ。

「はあああッ！」

途端に蜜壷が締まり、猛烈に締めあげられる。彼女の甲高（かんだか）い喘ぎ声にも、射精感を煽られた。フェラチオで一度射精していなければ、とてもでないが耐えきれなかっただろう。

「うおおッ、こ、これは……うううッ」

浩介は全身の毛穴から汗を噴きださせながら、ギリギリのところで踏ん張った。酸欠寸前で顔が真っ赤になっている。心臓の鼓動が異常なほど速くなっていた。

「我慢しなくていいのよ……これはどう？」

恭子は口もとに薄い笑みを浮かべて、ヒップを上下に振りはじめる。しかも、先ほどよりもハイペースで、恭子の蜜尻がパンパンッと音をたてながら、浩介の肉柱を猛烈にしごきあげていく。

「そ、そんな……ううッ、うううッ」

「今度は我慢しないでね……はンンっ」

潤んだ瞳で見おろして、また左右の乳首を摘みあげてくる。腰の動きが速くなり、一度はこらえた射精感がさらに大きな波となって押し寄せてきた。

「うわああッ、も、もうダメですっ」

もう我慢できなかった。浩介は言葉にならない呻きを迸らせた。

「くううッ、で、出るっ、出る出るっ、ぬおおおおおッ！」

大声で叫びながら、全身を激しくバウンドさせる。熱い媚肉にペニスを包みこまれて、ドクンッドクンッと白いマグマを噴きあげた。フェラチオで出し尽くしたつもりでいたが、自分でも驚くほど大量だった。

(恭子さんとできるなんて……ああ、最高だ)

生まれて初めてのセックスで、身も心も蕩けるような快楽を得ることができた。

大人の男になったようで少し誇らしい気分に浸りながら、いつまでもザーメンを放出しつづけた。

第三章　新人ガイドの淫惑ツアー

1

恭子のマンションで一夜を過ごしてから三日が経っていた。

バス会社の朝は慌ただしい。運転手もバスガイドも、ツアーの出発準備に追われていた。

浩介は事務所で自分のデスクに向かい、本日のツアーの最終確認を行っている。運行日程表と地図を照らし合わせて、さらにネットで事故や工事、渋滞などの交通状況をチェックしていた。

今日から一泊の鬼怒川(きぬがわ)温泉ツアーが入っている。恭子とのコンビで泊まりがけのツアーは、草津温泉以来だった。

（泊まりか。楽しみだなぁ）

浩介は内心浮かれながら、恭子のことをチラ見していた。

彼女のデスクは少し離れた位置にあるが、顔をあげれば確認できる。どうやら運行日程表を確認しているようだった。

じつは関係を持ってから、業務以外の言葉を交わしていない。

恭子の態度があまりにも普段どおりなので、プライベートな話題は切り出しづらかった。急にあんなことになって、きっと彼女も照れているのだと思う。

（ここからは、俺がどんどんいかないとな）

やはりこういうことは、男がしっかりしなければならない。浩介が正式に交際を申し込めば、二人の関係は一気に進展するだろう。

それにしても、夢のような体験だった。

あの夜、浩介は童貞を卒業した。憧れの恭子に筆おろしをしてもらい、快楽のなか深い眠りに落ちてしまった。

ふと目が覚めると毛布が掛けられていた。すでに窓の外は白んでおり、時計を確認すると五時になるところだった。

恭子は服を着てソファでうたた寝をしていた。情交の匂いが残っている状態で言葉を交わすのは照れ臭い。いっしょに飲むモーニングコーヒーは、またの機会にとっておくことにした。

幸せそうな寝顔を脳裏に焼きつけて、彼女を起こさないようにそっと毛布をかける。後日あらためて告白するつもりで静かにマンションを後にした。

そろそろ、きちんと気持ちを伝えたい。

今回のツアーには、若いバスガイドが新しいコースを覚えるため同乗することになっている。恭子と二人きりの時間を確保するのはむずかしいだろう。だから、なんとか出発前に告白しておきたかった。

浩介はデスクに向かって仕事をしながら、恭子の様子をうかがっていた。

しばらくして、彼女が席を立った。目だけで動きを追うと、事務所の隅にある給湯室に入っていくのが見えた。

（来た！　今しかない）

千載一遇（せんざいいちぐう）のチャンスだった。

浩介はさりげなく立ちあがり、さっと周囲を見まわした。誰も自分に注目していないことを確認すると、自然な動きを装って彼女の後を追った。

「あ……」

意気込んで給湯室の前まで行くが、思わず立ち止まってしまう。

恭子は左横に設置されている流しで、マグカップをゆすいでいた。制帽は被っていないが、バスガイドの制服姿が相変わらず似合っている。濃紺のタイトスカートに包まれたヒップが丸みを帯びて、むちっと後方に突きだしていた。

「あら、浩介くん」

視線を感じたのか、恭子がこちらに顔を向ける。

にこやかに話しかけてくるが、なにかが違うような気がした。あの日から、「国仲くん」ではなく「浩介くん」と呼んでくれるようになった。それなのに、なぜか素っ気なく感じてしまう。

(気のせい……だよな?)

一抹の不安がこみあげるが、慌てて心のなかで打ち消した。

それにしても、両想いという感じがまったくしない。肌を重ねたというのに、距離が縮まっている雰囲気もなかった。

「あの……」

思いきって給湯室に足を踏み入れる。ドアはないが、狭い空間でとりあえず二人きりになれた。

「もしかしたら、今日いっしょに乗る若いバスガイドの子のことが気になってるの？　大人しくて可愛い子よ」

「い、いえ、そうじゃなくて……」

タイミングをはずされた気がして、不安が色濃くなってくる。それでも、ここまで来たら前に進むしかなかった。

「ちゃんと言っておいたほうがいいと思いまして」

「怖い顔して、どうしたの？」

恭子は笑顔を湛えているが、やはり取ってつけたような空気が漂っている。なにか様子がおかしかった。

「この間は、その……ありがとうございました」

もどかしさを抱えながら、勇気を振り絞って切り出した。

「お礼なんていいのよ」

「俺、ずっと恭子さんのこと好きでした。お付き合いしてください！」

腰を九十度に折り、誠心誠意をこめて想いを伝える。きっと彼女も応えてくれるはずだ。

ところが、いつまで待っても返事が聞こえてこない。恐るおそる顔をあげると、恭子が困惑した様子で見つめていた。

「気持ちは嬉しいけれど……ごめんなさい」

「……え？」

「あの日は、落ちこんでる浩介くんを慰めたかっただけなの」

予想外の言葉だった。いや、このわずかなやり取りの間に、もしやという思いが芽生えていた。それでも受け入れてくれると信じたかった。

「一夜限りのことだったのよ」

恭子の声が遠くに聞こえた。

頭をハンマーで殴られたようなショックを受けて、急激に現実感が薄れていく。まるで映画館のスクリーンを眺めているような気分だった。浩介は朦朧として、すぐに言葉が出てこなかった。

「勘違いさせてしまって、ごめんなさい」

「い、いえ……そ、そりゃ、そうですよね……は、ははは っ」

無理をして言葉を返したが、頬の筋肉がひきつってしまう。いたたまれず浩介は背中を向けると、ふらつく足で給湯室を後にした。

ツアー出発の時間が迫っている。悲しいけれど涙は出ない。ただショックは計り知れないほど大きかった。

予定時間を二十分ほど過ぎて、鬼怒川温泉行きのバスが出発した。

(まいったなぁ、今日のツアーは嫌な予感がするぞ)

浩介は心のなかで愚痴(ぐち)りながら、アクセルを慎重に踏みこんだ。

予定時間になってもお客さまが集まらず、いきなり出発が遅れてしまった。本日は水産加工会社『ウミヤ工業』の慰安旅行だ。工場勤務のいかつい男たちが四十人乗っており、さっそく持参した缶ビールで宴会をはじめていた。

(今回は荒れそうだな……)

あまり大騒ぎされると運転に集中できなくなる。それでも、安全に運行するのがドライバーの使命だが、疲れるのは間違いない。ただでさえ、恭子に振られた直後で精神的に参っている。そして、その恭子が近くにいるというのが余計につらかった。

とにかく、厳しい一日になるだろう。

運行計画はある程度余裕を持って立てられているので、少しくらいの遅れなら取り返すことができる。こういうときこそ焦らず、いつもどおりの運転を心がけなければならなかった。

今日は恭子の他にもうひとりバスガイドが乗っている。

入社三年目を迎えた南沢亜衣（みなみさわあい）だ。二十一歳の若いバスガイドで、今回は研修のために同乗していた。

赤信号で停まったので左側を見やると、ちょうど亜衣が白手袋をはめた手でマイクを握り締めたところだった。

彼女のことは前から知っているが、こうしてまじまじと見るのは初めてだ。

瞳がクリッとして大きく、少女のように愛らしい顔立ちをしている。少し茶色がかった髪が、制服のブラウスの肩にふんわりとかかっていた。

制帽も亜衣が被ると可憐（かれん）に見える。胸もとは大きく膨らんでおり、濃紺のタイトスカートのヒップはツンッと上を向いて張りだしていた。清純で大人しそうな雰囲気だが、恭子に負けず劣らずのプロポーションだ。

バスに乗りこむ前、亜衣の方から挨拶に来た。

透き通った瞳でまっすぐに見つめられて、「よろしくお願いします」と言われた。

「失礼いたします。『ウミヤ工業』御一行のみなさま、おはようございます」

亜衣の少々舌足らずな声が、車内のスピーカーから響き渡る。途端に乗客の男たちの視線が集まった。

「このたびは、舟丘観光をご利用いただきまして誠にありがとうございます。今日明日の二日間、みなさま方のお供を務めさせていただきますのは、ドライバー国仲、ガイドは水樹と、わたくし南沢でございます」

それなりに落ち着いた口調の挨拶だ。

恭子にはまだまだ及ばないが、おそらく素質はあるのだろう。自然と耳を傾けるような心地いい声音だった。

亜衣の後ろには恭子が立っており、やさしい瞳で見守っていた。

基本的に亜衣がひとりでガイドをして、恭子がアドバイスを与えることになっている。何事もなければ、最後まで亜衣がメインでガイドを務める予定だった。

（恭子さん……）

心のなかで名前を呼ぶだけで切なくなる。

なにしろ彼女はすぐ近くにいるのだ。それでも、運転に集中しないといけない。浩介は気合いを入れると、ハンドルをしっかりと握り直した。

「ガイドさん、名前はなんて言うんだい？」

出発して三十分ほど経った頃だった。突然、酒焼けした声が聞こえてきた。

浩介は運転しながらルームミラーをチラリと見やった。すると、乗客席の一番前に陣取っていた中年客が身を乗りだして、バスガイド専用座席の補助席に座っている亜衣に声をかけていた。

小太りで頭頂部が禿げあがった男だ。他の乗客たちも体格がよく、気圧されそうな雰囲気が漂っていた。

「南沢と申します」

亜衣が笑顔で答えると、男はわざとらしいほどの顰め面になって首を振る。そして、缶ビールをグビリと飲むと、もう一度質問を投げかけた。

「俺が聞きたいのは下の名前だよ」

満面にニヤニヤといやらしい笑みを浮かべている。かなり飲んでいるらしく、顔が真っ赤になっていた。

「失礼しました。亜衣です」

若干緊張しているが、それでも亜衣は作り笑顔を保っている。まだ若いがバスガイドとしてのプロ意識はあるらしい。バス会社に勤務する者は、お客さまに快適に過ごしていただくことを第一に考えなければならなかった。

「へえ、亜衣ちゃんか、可愛い名前だねぇ」

「ありがとうございます」

亜衣が礼を返した直後、男が背後を振り返って大きな声をあげた。

「おい、みんな聞いたか。亜衣ちゃんだってよぉ」

すると中年親父の集団が「おおっ」とどよめく。酒が入っているので、バスガイドの名前を聞いただけでも盛りあがっていた。

「亜衣ちゃん、どうせなら隣に座ってくれよ」

「申し訳ございません。わたくしどもガイドは、社の規定でお客さまの席には座れないことになっております」

中年客が声をかけると、亜衣は丁重に頭をさげて断った。マニュアル通りの悪くない対応だ。ところが、男は諦めが悪く、身を乗りだしたまま執拗に話しかけた。

「そんな冷たいこと言うなって。隣に座るくらい、どうってことないだろう」

「申し訳ないです。ガイドもしなければならないので」

亜衣が困った顔をするが、なにしろ酔っ払いなので聞き分けが悪い。身を乗りだしたまま、大きな声で喚(わめ)きだした。

「今はしてないだろうが。いいからこっちに来いって」

「お客さま、危険ですのでお座りください」

「おまえがこっちに来ないからだろうが」

なにやら不穏な空気が流れ出す。他の乗客は誰もとめようとしないばかりか、楽しそうに眺めていた。

バスガイド専用座席に座っている恭子は、声こそかけないが亜衣のことを気にかけている。とりあえず、ひとりでやらせるつもりらしい。しかし、新人教育のためとはいえ、まだ若い亜衣に酔客をあしらえるとは思えなかった。

(なんかマズくないか?)

浩介はルームミラーで車内の様子を観察しながら内心気が気でない。早く目的地に着いてくれと願いながら運転していた。

「ガイドなら、こっちの席でもできるだろうが」

「あっ……お、お客さま?」

中年客が亜衣の手首を摑んで、力まかせに引き寄せる。そして、自分の隣の席に無理やり座らせた。

「こ、困ります……」

さすがに困惑した様子だが、亜衣は強く言うこともできずにうつむいてしまう。そんな自信なさげな態度が、ますます男を調子づかせるとも知らずに……。

「本当は俺の隣に座りたかったんだろう?」

「し、仕事中ですから……」

「なに言ってんだ。これも仕事だぞ」

男は肩に手をまわして抱き寄せる。ブラウスの肩から腕にかけてを、ねちねちと撫でまわす手つきが卑猥だった。

「や……」

亜衣は怯（おび）えたように身を硬くしている。お客さまの機嫌を損ねてはいけないという思いがあるので、なおのこと抵抗できない。しかし、そんな消極的な態度では、男の行為をエスカレートさせる一方だった。

他の客たちも自分の席で腰を浮かせて注目している。亜衣は涙目になって、遠慮がちに身をよじることしかできなかった。

「近くで見ると、余計に可愛いぞぉ」

中年男は同僚たちに聞こえるように言うと、亜衣の唇に飲みかけの缶ビールを近づけた。

「ほれ、いっしょに飲むか？」

「い、今は仕事中ですので……」

「硬いこと言うなって、客を喜ばせるのも仕事だろ？」

「お酒はダメなんです」

亜衣は肩をしっかり抱かれたまま、懸命に顔を背けている。しかし、そうやって嫌がれば嫌がるほど、中年客はしつこく絡んでいく。

「ひと口くらい構わないだろ？　じゃあ、俺が口移ししてやろうか？」

男はビールを口に含むと、赤ら顔を近づける。本気でキスする勢いで、唇を突きだした。

「い、いや……困ります」

亜衣は小声で拒み、男の胸板を押し返す。すると中年客は諦めた様子でようやく顔を離した。

「そんなに嫌がらなくてもいいだろう。キスのひとつやふたつよぉ」

「お客さま、お願いです……離してください」

「なに言ってんだ。ちゃんとサービスしろよ」

どう見ても質の悪い酔っ払いだ。肩を撫でる手つきがどんどんきわどくなり、今にも乳房に達しそうになっている。亜衣は両腕を胸の前でクロスさせて、必死に身体をガードしていた。

「や……もういやです……」

半泣きの声で訴えているのに、誰もとめようとしない。他の客たちの間からは笑い声や、煽る声があがっていた。

（もうダメだ。やめさせないと南沢さんが危ない）

どこかにバスを停車させて、客から亜衣を引き剝がすしかない。

これ以上放っておくと、さらにエスカレートする恐れがある。トラブルになるかもしれないが黙っていることはできない。今のうちにやめさせないと、歯止めが利かなくなりそうだった。

駐車できそうな場所を探して速度を落とす。しかし、大型バスを停められるスペースは意外と少ない。路上ならば道幅がある程度なければいけないし、近くにカーブがあると見通しが悪くなるので危険だった。

「い、いや、誰か……」

亜衣の悲痛な声が聞こえてくる。もうこれ以上は限界といった感じだ。

（ク、クソッ！）

焦りばかりが募っていく。急がないと取り返しのつかないことになる。

「お客さま……」

そのとき、凛（りん）とした声が車内に響き渡った。

ルームミラーに視線を向けると、いつの間にか恭子が中年客の横に立っていた。涼しげな顔で男の目をまっすぐに見つめて、にっこりと微笑んでいる。

「そろそろ南沢を業務に戻してもよろしいでしょうか」

恭子の言葉に、客がむっとした顔をする。これ以上は危険だ。なにしろ相手は酔っている。女だからといって、大人しく従うとは限らない。ところが、彼女は一歩も引こうとしなかった。

「お客さまには、楽しい思い出だけをお持ち帰りいただきたいのです。今回のツアーを当社に依頼していただいた社長さんからも、楽しい旅行にしてほしいと頼まれております」

「チッ……なんかシラけたな」

中年客はつまらなそうに舌打ちをすると、ようやく亜衣から手を離した。恭子は終始穏やかな口調だったが、男をたじろがせる迫力があった。

(す、すごい……酔っ払いを黙らせたぞ)

浩介は胸底でつぶやき、ハンドルを強く握り締めた。

結局自分はなにもできなかった。それなのに恭子の毅然(きぜん)とした態度を目の当たりにして、ますます想いを募らせていた。

亜衣に代わって恭子がガイドを務めることになった。
乗客たちは相変わらずビールを飲みつづけたが、明らかにテンションがさがってい
た。恭子にちょっかいをかけることもなく静かなものだった。
当初の予定通り、十四時に鬼怒川温泉に到着した。
乗客たちを降ろすと、どっと疲れが押し寄せてくる。酒臭い車内には恭子と亜衣、
そして浩介の三人が残っていた。
「亜衣ちゃん、大丈夫？」
恭子がやさしく声をかける。すると、亜衣は見るみる涙ぐんで「うっ」と嗚咽を漏
らした。
「きょ、恭子先輩……」
声が震えている。よほど動揺しているのだろう。恭子の右手を取り、両手で包みこ
むように握り締めた。
「ありがとうございました」
「大変だったわね」
慰められるほどに、亜衣の瞳に涙の粒が盛りあがる。肩を小刻みに震わせて、つい
には恭子の胸に顔を埋めた。

「怖かったです」

ブラウスの柔らかそうな膨らみに、ピンクに染まった頬をそっと寄せている。大粒の涙をぽろぽろとこぼして泣きはじめた。

「亜衣ちゃん……もう大丈夫だから」

後輩のバスガイドに抱きつかれて、恭子は少し驚いた様子だ。それでも元気づけるように、背中をやさしく擦っていた。

(俺は……なにをやってたんだ)

後悔の念がこみあげてくる。浩介は二人の様子を眺めながら、なにもできなかった自分の無力さを恥じていた。

後輩のバスガイドが酔客に絡まれていたのに、助けることができなかった。

バスを停める場所がなかったというのは、言いわけにすぎない。もっと早く行動を起こしていれば、亜衣をこれほど怯えさせることはなかった。ましてや、恭子を危険に晒すこともなかったのだ。

「浩介くん……」

浩介が自己嫌悪に陥っていると、ふいに恭子が声をかけてきた。亜衣を抱き締めたまま、にっこりと微笑みかけてくる。

「責任を感じることはないのよ。あの場面で男の人がとめに入ると、逆にややこしくなったんじゃないかしら」

確かに浩介が注意すれば、客は怒りだしていた可能性が高い。女性にやんわりと窘められたからこそ、あの男も大人しく引きさがったのだろう。

（やっぱり、すごい……）

あの緊迫した状況で、恭子はそこまで見越していたのだ。

自分など足もとにも及ばない。あまりにも経験が違いすぎて、浩介はただ頷くことしかできなかった。

2

鬼怒川温泉の旅館『鬼怒川名湯館』は、その名が示すとおり温泉を売りにした小綺麗な宿だ。

浩介はバスの掃除を終えると、部屋でひと休みしてから大露天風呂に向かった。

夕日に染まった空の下、温泉に浸かって思いきり手足を伸ばす。岩を組み合わせて造られた浴槽は、広くてじつに快適だった。

西の空に沈んでいく太陽を眺めながら、しばらくボーッとしていた。

他にも大勢の宿泊客が温泉に浸かっていたが、浩介の目には入っていない。脳裏には恭子の顔だけが浮かんでいた。

今朝、給湯室で告白して見事に振られている。それでも、彼女のことが気になって仕方なかった。

温泉からあがり、広間に用意されていた夕食を摂ると、部屋に戻らず旅館のロビーをうろついた。

部屋に備えつけの浴衣を羽織っただけの楽な格好だ。ソファに腰掛けて大画面のテレビを眺めてみたり、なんとなく新聞をひろげたりするが、まったく頭に入ってこなかった。

先ほどから通路を何度も見てしまう。恭子が通らないか、心のどこかで期待している。いまだに彼女のことを諦めきれなかった。

今日は恭子と亜衣が相部屋なので、訪ねるわけにはいかない。そもそも会っても話すことなどないのだが、ひと目だけでも顔を見たかった。

小一時間ほどロビーで粘っていると、ついに恭子が現れた。

レモンイエローのワンピースに身を包み、手には携帯電話を握り締めている。なにやら落ち着かない様子で、周囲に視線を走らせていた。

（南沢さんでも捜してるのかな？）

声をかけてみようと思い、ソファから腰を浮かしかける。そのとき、グレーのスーツを着た男が、旅館の正面玄関から入ってきた。

「恭子ちゃん」

男は軽く手をあげて、まっすぐ恭子に歩み寄っていく。なれなれしい呼び方に聞き覚えがあった。

（まさか……）

浩介はソファに座り直し、男の顔を注視する。すると、やはり恭子の高校時代の先輩、磯村久志だった。

（どうして、あいつがこんなところに？）

苛立ちと疑問が同時に湧きあがる。

もしかしたら、草津で恭子と関係を持ってから、しつこく付きまとっているのではないか。迷惑をかけているのなら、黙って見ているわけにはいかない。浩介が間に入って追い返せば、彼女に感謝されるかもしれなかった。

ところが、恭子は表情をほころばせている。迷惑がるどころか、笑みさえ浮かべて再会を喜んでいた。

「先輩、今日はどうなさったんですか？」

「急にごめんね」

傍から見ていると美男美女のカップルだ。じつに釣り合いが取れており、恋人同士にも新婚夫婦にも見える。誰が見ても、お似合いの二人だった。

（くっ……どういうことなんだ）

浩介は新聞をひろげて顔を隠すと、二人の会話に耳をそばだてた。

「お仕事で来られたんですよね？」

「まあね。クライアントと会う予定は明日なんだけど一日早めたんだ」

「どうしてですか？」

「恭子ちゃんが鬼怒川に行くってメールに書いてたからさ」

どうやら、明日来る予定だったのを、恭子のスケジュールに合わせて前乗りに変更したらしい。しかも、彼女の予定をメールのやりとりで知ったという。

（恭子さんと連絡を取り合っているんだ……）

敗北感が胸の奥にこみあげてくる。

浩介は恭子からメールをもらったことがない。そもそも、メールアドレスの交換すらしたことがなかった。

「どうしても会いたかったんだ」

久志はさらりと言ってのけると、口もとに爽やかな笑みを浮かべた。

「さっきメールをもらったときはびっくりしました」

「恭子ちゃんの顔を見たくて、高速を飛ばしてきたんだよ」

今日は普通に仕事をしてから、自分の運転で駆けつけたという。

浩介の目には、ただの軽い男にしか映らなかった。ところが、恭子は感激したように瞳を輝かせている。完全に恋する女の顔になっていた。

「今夜はここに？」

「うん、部屋が空いててよかったよ」

二人の仲よさそうな声を聞いているのがつらかった。新聞紙を持つ手に力が入り、端がクシャクシャになっていた。

（俺は振られたっていうのに……くぅっ）

悔しさがこみあげて、奥歯を強く食い縛る。もう見ていることができず、新聞の陰に身を隠し、嫉妬で全身を震わせた。

二人は高校時代からの知り合いで、しかも当時、恭子は久志に憧れていたという。

時を経て、先日劇的な再会を果たしたことで急激に距離が縮まっていた。浩介がいくら割りこもうとしても、どうにかなるものではなかった。

しばらくして顔をあげると、恭子と久志の背中が見えた。ロビーを後にして、エレベーターの方へと並んで歩いていくところだった。

(あいつの部屋に行くんだな……)

浩介はじっとりとした目で、二人を見つめていた。

邪魔をしても意味はない。余計に虚しい気持ちになるだけだ。たとえ好かれなくても、嫌われるようなことはしたくなかった。

ソファの背もたれに寄りかかり、涙をこらえて天井を仰ぎ見る。

男と女が二人きりになれば、することはひとつしかない。草津のホテルで目撃しているだけに、恭子が押し倒される姿が生々しく想像できてしまう。

「くっ……」

悔し涙がこぼれそうになったとき、ふいに横から声をかけられた。

「国仲さん、ちょっといいですか?」

遠慮がちな声の主は亜衣だった。

髪をアップにまとめて、浴衣に着替えている。白い首筋が露わになっており、幼さの残る愛らしい顔立ちとのギャップにドキリとさせられた。

「ああ、南沢さんか……」

潤んだ目を見られるのが恥ずかしい。浩介はとっさに口を大きく開けて、無理やり欠伸(あくび)をすることで誤魔化した。

「どうかしたの？」

寝ぼけた声を装うが、亜衣はまったく気にする素振りもない。そんなことはどうでもいいといった感じで、マイペースに話しかけてきた。

「恭子先輩、見かけませんでしたか？」

「え？　あ……い、いや……」

思わず動揺して、一瞬おかしな間ができてしまった。

「本当ですか？」

亜衣が疑いの眼差(まなざ)しを向けてくる。嘘を見破られたような気がして、浩介はおどおどと視線を逸らした。

「その様子だと、ずっとここにいたんですよね？」

半分眠ったような演技をしてしまったために否定できない。仕方なく頷くと、亜衣は真剣な表情で話しはじめた。

「さっき恭子先輩が部屋に戻ってきたと思ったら、露天風呂に入ってくると言って、すぐに出ていったんです」

「じゃあ、風呂に入ってるんじゃないの？　大露天風呂、よかったよ」

「いないんです。そもそも、いっしょに入る約束をしてたんですよ。だから、すぐに追いかけたんです。それなのにいないって、おかしくないですか？」

なるほど、彼女がしつこく尋ねてくる理由がわかった。

客室から大露天風呂に行くには、必ずこのロビーを横切らなければならない。だから、浩介が恭子の姿を目撃したかどうかを確認したいのだ。

(恭子さんなら、あいつの部屋にいるよ)

心のなかでつぶやくが、そんなことを言うわけにはいかなかった。

「あんなに約束したのに……どこに行っちゃったのかな」

亜衣が悲しそうにうなだれていく。

そのとき、ふと旅館の館内図が脳裏に浮かんだ。不測の事態が起きたときのため、宿泊施設の非常口をチェックするのが習慣になっていた。

「まさか、貸切露天風呂じゃ……」

大露天風呂に行くには必ずロビーを通るが、貸切露天風呂はエレベーターで地下一階まで降りたところにある。地下一階と言っても地中ではなく川のすぐ脇で、個室の露天風呂がいくつか設置されていた。

　恭子と久志は、二人きりで貸切露天風呂に入っているのではないか。そう思うと居ても立ってもいられなくなってくる。

「くっ……」

　思わず眉をしかめると、亜衣が訝しげな視線を向けてきた。

「なにか知ってるんですか？」

「い、いや……」

　苛立ちが表情に出ていたらしい。慌てて誤魔化そうとするが、彼女も引きさがらなかった。

「教えてください。恭子先輩はわたしの憧れの人なんです。先輩みたいなバスガイドになるのが目標なんです」

　普段は大人しい亜衣が、珍しく強い口調で迫ってくる。先輩バスガイドの恭子を、心から尊敬しているのだろう。

「まさか、危ない目に遭ってるわけじゃないですよね？　もしかして、今日のお客さまが怒って仕返しとか……」

すぎていた。

「ち、違う違う。そんなことないって」

顔の前で手を振って否定する。恭子のことを心配するあまり、亜衣の思考は飛躍し

「じゃあ、知ってること教えてください」

「それは……」

「なんでも知りたいんです。恭子先輩のこと」

亜衣はあくまでも真剣な瞳で迫ってくる。彼女の気持ちがわかるからこそ、その場しのぎの言葉で誤魔化すことはできなかった。

久志のことを話せば、ショックを受けるのは目に見えている。

彼女は尊敬する恭子に対して、恋愛感情に似た想いを抱いているようだ。同じ人を好きになった者同士、語らなくてもわかり合える部分があった。

「お願いします。どんなことでも受け入れますから」

「そこまで言うなら、わかったよ。じつは――」

浩介は情熱に押し切られて口を開いた。

先日の草津温泉ツアーで、恭子が高校時代の先輩である久志と再会したこと。二人は久しぶりの再会らしく、意気投合した様子で盛りあがっていたこと。そして、つい

先ほど久志がやってきて、ロビーで恭子と話しこんでいたこと。二人はかなりいい雰囲気であること。

さすがにセックスを覗き見したことは黙っておいたが、だいたいの流れをかいつまんで説明した。

「そうですか……恭子先輩には好きな人がいたんですね」

やはりショックだったようで、亜衣の声がどんどん小さくなっていく。ところが、落ちこんでいるばかりではなかった。

「でも、ツアー中に男の人と待ち合わせするなんて……この目で確かめないと気がすみません」

「は？」

「国仲さん、付き合ってください」

大人しそうな顔をしているが、意外と行動力はあるらしい。浩介の腕を摑むと、強引に歩きはじめた。浩介は彼女が恭子に対して憧れの先輩以上の感情を抱いているのでは、という思いを強くした。

「ちょ、ちょっと……」

エレベーターの方に引っ張られながら、浩介自身も恭子のすべてを確認したいという気持ちになってくる。やさしく筆おろしをしてくれた女性が、他の男となにをしているのか、気にならないはずがなかった。

3

エレベーターを降りると長い廊下があり、ドアが等間隔に六つ並んでいた。このひとつひとつが貸切露天風呂になっているのだろう。ドアには鍵がかかっていて、なかを確認することはできなかった。

「これじゃあ、どうしようもないよ」

浩介がつぶやくと、亜衣はむっとしたように見つめ返してきた。

「もう諦めちゃうんですか？　それでもいいんですか？」

「いや、でもさ……」

恭子と久志がなにをしているのか確認したい気持ちはある。しかし、この状況ではどうすることもできなかった。

「露天風呂なんだから、きっと外からまわれば見えますよ」

亜衣はそう言うと、廊下の端にある非常口に向かって歩きはじめた。

「お、おい、まさか本気じゃ……」

追いかけながら問いかけるが、彼女が本気なのは間違いない。今さらとめることはできそうになかった。

亜衣は意外にも感情に走りやすく、どうにも危なっかしい。見た目は清楚で可愛らしいのに、恭子のことになるとかなり積極的になる。放っておくと、なにをするかわからない。ひとりで行かせるのは心配だった。

（こうなったら、とことん付き合うしかないか）

浩介も恭子のことが気になっている。ここまで来たら、最後まで亜衣と行動をともにするしかないだろう。

非常口から外に出ると、そこは川沿いの岩場になっていた。

大小の岩がゴロゴロしているだけで整備されていない。旅行客がくつろいだり、散策したりする場所ではないようだ。すでに日が落ちており、足もとはほとんど見えない。しかも、二人とも浴衣にスリッパをつっかけているだけだった。

それでも、浩介と亜衣は怯むことなく、足音を忍ばせて慎重に岩場を進んだ。

露天風呂は竹の生け垣に囲まれている。六つ並んでいるうちの一番端から、微かに話し声が聞こえてきた。

二人は無言で視線を交わして頷き合った。

恭子に憧れる者同士、語らずとも通ずるものがある。手を取り合って岩場を歩き、生け垣のすぐ手前まで辿り着いた。

露天風呂の周囲もやはり岩だらけだ。そもそも人が通るような場所ではないので、生け垣はそれほど高くない。力を合わせて大きな岩の上によじ登り、生け垣の上から慎重に顔を覗かせた。

（い、いた！）

露天風呂が丸見えになった。

大きな岩を組んで造られた浴槽に、恭子と久志が浸かっている。ちょうど正面から見る位置で、二人の表情がはっきりと確認できた。

照明の柔らかい光が、こぢんまりとした貸切露天風呂を照らしている。安らぐことを目的とした落ち着いた空間だった。

恭子は黒髪を結いあげており、顔をうつむき加減にしている。岩に寄りかかり、湯のなかで揺れる豊満な乳房を手でそっと覆っていた。下肢をすらりと伸ばし、股間では陰毛がそよいでいるのがわかった。

久志はぴったりと寄り添い、なれなれしく肩を抱いている。ニヤついた顔を恭子に向けて、今にもキスしそうな雰囲気だ。

「あの……手を……」

恭子が困ったようにつぶやくが、久志は構うことなく滑らかな肩を撫でまわす。そして、彼女の耳に唇をそっと押し当てた。

「あっ……」

「会いたかったよ」

気取った言い方が腹立たしい。ところが、恭子は頬を赤らめて、顔をますますうつむかせていった。

（くっ……恭子さんから手を離せ）

浩介は思わず拳を握り締めた。

悔しいけれど、二人の関係はこのまま進展していくのかもしれない。恭子が自分の意思であの男を選んだのなら、どうすることもできなかった。

「クソッ……」

思わず小さく息を吐きだしたとき、隣からただならぬ気配が漂ってきた。

「そ、そんな、恭子先輩が……」

亜衣はかなりショックを受けているらしい。瞳を見開いて小声でつぶやき、頬の筋肉を小刻みに震わせていた。

(南沢さん、落ち着いて)

浩介は唇の前に人差し指を立てて、「静かに」というポーズをする。ところが、彼女は下唇を噛み締めて、悲しそうに小さく首を振った。

亜衣の気持ちは痛いほどよくわかる。

目標としていた憧れの先輩が、仕事先で露天風呂に見知らぬ男と入り、言い寄られているのだ。そんな現場を目の当たりにして、失恋したような状態なのだろう。浩介も同じ喪失感を草津で味わっていた。

だが、ここで泣かれたりしたら一巻の終わりだ。

恭子に覗いていることを気づかれるわけにはいかない。叶わぬ恋とはいえ、片想いの人に軽蔑されるのはつらすぎる。これ以上長居するのは危険だった。

(そろそろ行こう)

目で合図するが、亜衣は動こうとしない。

そのとき、露天風呂から湯の跳ねる音が聞こえてきた。反射的に視線を向けた瞬間、胸が締めつけられるように苦しくなった。

「ンンっ……」

恭子の困惑したような呻き声が聞こえてくる。久志に唇を奪われて、眉を八の字にたわめていた。

両手を男の胸板に添えているが、押し返している様子はない。ただ添えているだけで、指の微かな動きからは親愛の情さえ感じられる。舌まで挿れられて、彼女のくぐもった声が微かに響いていた。

「ンぅっ……むふンっ」

乳房が湯のなかで揺れている。ピンクの乳首が尖り勃っているように見えるのは気のせいだろうか。

男と二人きりで露天風呂に入るくらいだから、覚悟はできていたはずだ。恭子も舌を差しだし、濃厚なディープキスへと発展していく。浴槽の湯が揺れる音と、唾液の弾ける音が混ざり合っていた。

「なんなんですか、あの男……」

隣で見ていた亜衣が、またしてもポツリと漏らす。二人の熱い口づけを凝視して、すっかり目つきを険しくしていた。

久志はようやく唇を解放したが、両手で恭子の肩を摑んでいる。顔を近づけたままで、視線を絡ませていた。

「また会えて嬉しいよ」

「そんなことばっかり言って……」

恭子は照れ隠しに素っ気なく言う。ところが、乳房が剝きだしになっていることに気づき、慌てた様子で覆い隠した。

「あっ、いやっ」

「そうやって恥じらうキミが好きなんだ」

「もう……」

「一日中、恭子ちゃんのことばっかり考えて、仕事が手につかないよ」

「先輩……お上手ですね」

しだいにその気になってきたらしい。男を見つめる瞳が、少しずつ熱を帯びていくのがわかった。

「あンっ……」

彼女の唇から微かな声が溢れだす。湯のなかで、男の手のひらが乳房に重なり、やさしく揉みしだいていた。

「ダメです、こんなところで」

「誰もいないから大丈夫だよ」

まさか覗かれているとは思いもしないのだろう。久志は湯船のなかで恭子を立ちあがらせて後ろ向きにすると、大きな岩に両手をつかせた。

（おおおっ！　も、もしかして……）

浩介は思わず心のなかで唸った。

真後ろに立っている久志に向かって、ヒップを突きだす格好だ。ちょうど真横から見る位置になり、恭子の軽く反った背中から腰にかけての美麗なラインをしっかりと堪能できた。

「な、なにが、はじまるの？」

隣では亜衣が息を呑んでいる。怒りを滲ませながらも、恭子の美しさにあらためて見惚れているようだった。

「先輩、まさか……違いますよね？」

「もう我慢できないんだ」

久志が背後から迫り、両手で尻たぶを撫でまわす。たったそれだけで、女体が反応して、腰が妖しくうねりはじめた。

「あっ……ここで、ですか？」

「そうだよ。外でなんて刺激的だと思わないか？」

男の愛撫はなおも加速して、尻肉をこってりと揉みまくる。恭子は恥ずかしそうにしながらも、まったく抗おうとしなかった。久志がいきり勃ったペニスの先端で、尻の割れ目をなぞりまわす。すると、彼女はますます尻を後方に突きだした。

「はンンっ、待ってください」

「そんなこと言ってるけど、恭子ちゃんも欲しくなったんじゃない？」

「ち……違います」

口ではそう言いながらも、物欲しそうに腰をくねらせている。発情しているのは明らかで、息遣いも荒くなっていた。

「どうせ二人きりなんだ。お互い素直になろうよ」

もう遠慮する必要はないと思ったのか、久志はくびれた腰を摑むと、ペニスの先端をヒップの割れ目に押しこんだ。

「あああっ！」

恭子の唇から喘ぎ声が迸る。背中がさらにビクッと反り返り、足もとの湯が大きく波打った。

「すごく濡れてるよ」

「そ、それは……温泉が……」

「へえ、温泉に浸かると、なかまでこんなに濡れるんだ？」

久志は意地悪く囁きながら、長大なペニスをゆっくりと送りこんでいく。決して焦ることなく、馴染ませるように根元まで押しこんだ。

「はあンっ、ダメだって言ったのに……」

「でも、こっちは悦んでるみたいだよ」

ゆったりと腰を振りはじめると、途端に恭子が反応する。手をついた岩に爪を立てて、訴えるような表情で振り返った。

「ああっ……こんなところで、いけません。恥ずかしいです」

「でも、興奮してるんだろう？」

ここまで来て、久志がやめるはずもない。聞く耳を持たずにペニスを抜き差しすると、恭子は困ったように首を振りながらも喘ぎ声を振りまいた。

「あっ……あっ……」

「いい声が出てきたね。俺もすごく気持ちいいよ」

腰の動きを速くすると、豊満な乳房がユサユサと重たげに揺れる。湯も大きく波打ち、浴槽から溢れそうになっていた。

久志は彼女の背中に覆い被さり、うなじにキスをしながら乳房を揉みしだく。柔肉を好き放題に捏ねまわし、白いうなじを舐めまくった。

「ああっ、そんなことまで……あああっ」

こみあげてくる快楽に戸惑っているのだろう。恭子は首を左右に振りながら、媚びるように女体をくねらせていた。

（恭子さんが、あんな奴と……）

二人のセックスを見るのは二回目だ。とはいえ、何度経験しても慣れるはずがなく、激烈な嫉妬と憤怒が浩介の胸を掻き乱した。

「なんなの、これ……裏切られた気分です」

亜衣の声はすっかり掠れている。怒りを通り越して呆然としていた。なにしろ、清純を絵に描いたような後輩バスガイドだ。性体験はいかにも少なそうで、相当なショックを受けているのは間違いなかった。

「あああッ、激しすぎますっ」

恭子の喘ぎ声が一段と大きくなる。

勢いよくペニスを突きこまれて、膣の奥を掻きまわされていた。久志は刺激に慣れさせないよう、テンポよく抜き差しして責めたてる。流れるような動きで、女体に快感を送りこんでいた。

「ここが好きなんだね。もっと突いてあげるよ」

「あうッ、お、奥……ああッ、奥ばっかり……」

尻肉を弾くパンパンッという小気味いい音まで響き渡る。

久志のピストンは激しさを増し、恭子はますます乱れていく。快感が膨れあがっているのが生々しく伝わり、浩介もペニスをこれでもかと硬直させていた。

「こ、声が出ちゃいます……あンンッ」

「他の露天風呂は予約が入ってないから大丈夫だよ」

最初から露天風呂で交わるつもりで、予約状況を調べておいたのかもしれない。久志は全力で腰を叩きつけて、膣の奥を抉(えぐ)りつづける。同時に尖り勃った乳首を指の股に挟みこみ、乳房を揉みまくった。

「あッ、あッ、もう……あああッ、もうっ、ヘンになるう」

「イキそうなんだね。俺も、そろそろ……くううッ」

二人は息を合わせて腰を振る。露天風呂のなかで、絶頂に向かってひたすら粘膜同士を擦りたてていた。

「はううッ、い、いいっ、すごくいいのっ」

「お、俺もだよ、恭子ちゃんのなか……おおッ、おおおッ」

ピストンスピードが最高潮に達し、湯が浴槽から溢れだす。喘ぎ声がどんどん大きくなり、女体がググッと弓なりに仰け反った。

「あああッ、もうダメっ、イ、イクっ、イッちゃいますっ」

「おおおおッ、出すよ、ぬおおおおおッ！」

「はあああッ、イクイクッ、ああああッ、イックうううッ！」

久志が腰を震わせた直後、恭子も全身を痙攣させてよがり泣く。アクメの波に呑みこまれて、二人は折り重なるようにしながら果てていった。

（また……見ることになるなんて……）

浩介は口をへの字に曲げて、絶頂する恭子を見つめていた。

悔しくてならないが、浴衣の前は大きく膨らんでいる。片想いの女性が他の男とセックスしているのに、情けないことにペニスを勃起させていたのだ。もし隣に亜衣がいなければ、この場でしごいていただろう。

横目で見やると、亜衣は硬い表情で二人の姿を凝視していた。

頬が上気しているように感じるのは気のせいだろうか。憧れの先輩が乱れる姿を目の当たりにして、ショック状態なのは間違いない。浴衣に包まれた腰が、どういうわけか微かに揺れていた。

とにかく、この場を離れたほうがいい。

そう思ったとき、ふいに亜衣がこちらを振り向いた。潤んだ瞳でまっすぐに見つめてくると、なぜか浩介の手をそっと握り締めてきた。

4

部屋に戻って襖を開けると、すでに布団が敷いてあった。

そのことが余計に浩介を戸惑わせる。今さら戻るのもおかしいので、そっと和室に足を踏み入れた。

「あ、あのさ……」

黙っていられず声をかける。すると、隣に立っている亜衣は、ますます身を寄せてきた。

「なんですか？」

右の肘に乳房の膨らみが当たっている。浴衣越しとはいえ、柔らかさは充分すぎるほど伝わっていた。

「い、いや……だから……」

浩介はひきつった笑いを漏らすことしかできなかった。

貸切露天風呂を覗いた後、なぜか彼女は浩介の手を握ってきた。しかも、どういうつもりなのか、指をしっかりと絡め合わせてくる。いわゆる『恋人つなぎ』の状態になり、嫌でも胸の鼓動が速くなってしまう。

「あのさ……どうして、自分の部屋に戻らないの？」

思いきって尋ねてみた。

彼女の考えていることがわからない。手を握ったまま、当たり前のように浩介の部屋までついてきたのだ。

浩介としては、先ほど覗き見たシーンをおかずにして、思いきりペニスをしごくつもりだった。あの光景は悔しいけれど、勃起したままの息子を鎮(しず)めなければ、とてもではないが眠れない。睡眠不足でバスを運転しないためにも、今すぐオナニーしたかった。

「俺、そろそろ寝ないと……ほら、明日も運転があるし」

バスガイドなのだから、これでわかってくれるだろう。ところが、亜衣は部屋から出ていこうとせず、ますます強く浩介の手を握り締めてきた。

「ど……どうしたいのかな？」

「眠れるんですか？」

亜衣が上目遣いに見つめてくる。こちらの質問には答えず、逆に質問を投げかけてきた。

「あんなの見ちゃった後で、眠れます？」

ねっとりとした瞳で見つめられて、思わずたじろいでしまう。右の肘には、より強く乳房が押しつけられていた。

「わたしは眠れないです……なんだか身体が火照（ほて）ってしまって」

「み……南沢さん？」

「だから、ついて来ちゃいました。迷惑でしたか？」

「そ、そんなことは……」

迷惑だとも言えず、声が小さくなってしまう。すると、亜衣はゆっくりと視線をさげて、浩介の股間をじっと見つめてきた。

「ですよね。だって、こんなになってるし」

「あ……い、いや、それは……」

指摘されて、顔がカッと熱くなる。

浴衣の前があからさまに膨らんでいた。もう言いわけのしようがない。さりげなく前屈みになって誤魔化していたが、亜衣に密着されたことでますます急角度で勃起してしまった。

「あ、あんな場面を見ちゃったら……」

「いいんです。わたしだって……同じですから」

亜衣は腰をもじもじさせると、いきなり浩介の浴衣の膨らみをそっと握り締めてきた。

「ううっ……」

途端に体から力が抜けそうになる。下半身全体に快感がひろがり、慌てて両足を踏ん張った。

「なにをして……うむっ」

「すごい、カチカチですね」

溜め息混じりのつぶやきにドキリとさせられる。潤んだ瞳も妙に艶めかしい。普段の大人しい彼女からは想像がつかない妖艶(ようえん)な表情だった。

「ちょっ……な、なにを?」

戸惑いながらも問いかける。頭のなかにピンク色の靄(もや)が急速に立ち籠めていくが、呑みこまれるわけにはいかなかった。

「いいから横になってください」

浴衣の上からペニスを摑まれて、布団まで誘導される。体に力が入らず、彼女の思うように動かされてしまう。このまま快楽に浸ってしまいたいという気持ちが、どんどん大きくなっていた。

（南沢さん、どうしちゃったんだよ？）

浩介は訳がわからないまま、ついには布団の上で仰向けになった。

勃起を鎮めなければと思うが、いまだにペニスを握られている。彼女の手のなかでヒクついて、先端からは先走り液が滾々と溢れていた。

亜衣は隣で正座をすると、浩介の浴衣の帯を解いてしまう。前を大きくはだけられて、グレーのボクサーブリーフが剝きだしになった。特大のテントを張っており、カウパー汁の染みがひろがっていた。

「国仲さんのパンツ、濡れてますよ」

「そ、それは……」

「わかってます。恭子さんを見て、興奮しちゃったんですよね」

彼女の瞳の奥には、情欲の炎が揺らめいている。先ほどから内腿をしきりに擦り合わせて、熱い溜め息を漏らしていた。

「も、もしかして、南沢さんも……」

同じ気持ちなのかもしれない。彼女も恭子のことを慕っている。憧れの人が喘ぎ泣く姿を目撃にして、興奮が抑えられなくなっているのではないか。

「ふふっ、どう思います？」

亜衣は自分の気持ちを誤魔化すように微笑むと、いきなり前屈みになって股間に顔を近づけてきた。

「なんかいやらしい匂いがしてきました」

テントの頂点にできた染みに鼻を寄せて、何度も深呼吸する。そして、ボクサーブリーフのウエストラインを指先でいじってきた。焦らすようになぞっては、股間の匂いを嗅いでくる。

「うぅっ……な、なにをしてるのかな？」

「女だって興奮するんです……」

上目遣いに見つめてくる瞳は、時間とともに潤みを増していく。心なしか息遣いも荒くなっていた。散々ウエストラインをいじりまわしてから、彼女はボクサーブリーフを引きおろしにかかった。

「わっ、ちょっと……」

「ちょっとだけ見せてもらってもいいですか？」

「わあぁっ」

勃起したペニスが、バネ仕掛けのようにビイイインッと跳ねあがった。

そそり勃つ肉柱が丸見えだ。先端はカウパー汁で濡れ光り、濃厚な牡の匂いが部屋中にひろがっていく。浩介は慌てて股間を覆い隠そうとするが、亜衣に手首を摑まれて気を付けの姿勢に戻された。

「み、南沢さん？」

「隠したらダメですよ。ちゃんと見せてください」

強めの口調にドキリとする。

後輩バスガイドに言われたのに、なぜか逆らうことができない。勃起を見られたことで、気が動転しているのだろうか。いや、彼女の視線自体が愛撫になって、ペニスを妖しく刺激している。だからこそ、浩介は逆らうことができなかった。

「こんなに大きくしちゃって……苦しくないですか？」

亜衣の声は掠れている。ボクサーブリーフをつま先から抜き取ると、脚の間に入りこんで正座をした。

「近くで見せてください」

「なっ……なにをしてるんです？」

羞恥と興奮で耳まで熱くなってくる。ただ見られているだけなのに、ペニスがヒクヒクと跳ねまわるのをとめられない。彼女が前屈みになって見つめてくるので、なおのこと先走り液が溢れてしまう。

「動いてますよ。それにすごくエッチな匂い」

「そ、そんなに見られたら……」

「ふふっ、お汁がいっぱい出てきました」

亜衣は頬を赤らめているが、決してペニスから視線を逸らさない。そればかりか、両手を左右の膝の上に置いて、ゆっくりと撫でまわしてきた。

柔らかい手のひらが、太腿を這いあがってくる。付け根に到達すると内腿に滑り降りて、陰嚢との境目のきわどい部分をくすぐられた。まるでカタツムリが這うような速度で、じわじわと刺激される。思わず下肢の筋肉が硬直して、つま先までピーンッと伸びきった。

「くううッ！」

「気持ちいいですか？　また大きくなったみたい」

大人しい後輩バスガイドとは思えない言動だ。これが彼女の本性なのだろうか。もうどこまでエスカレートしていくのか、浩介にはわからなかった。

　手のひらはいったん膝のあたりまで戻り、再びスローペースで内腿を這いあがってくる。時間をかけて付け根まで到達して、あくまでも陰嚢には触れないようにサワサワとくすぐってきた。

「ううっ……」

「触ってほしいですか？」

　亜衣は顔をペニスに触れそうなほど近づけると、亀頭にフーッと息を吹きかけてくる。その間も内腿の付け根を撫でまわしていた。

「マ、マズいって……」

　これ以上刺激されると我慢できなくなってしまう。なにしろ、恭子の乱れる姿が脳裏に焼きついている。急激に膨れあがっていく欲望を、自分でもコントロールする自信がなかった。

「も、もうダメだよ」

「どうしてですか？」

　亜衣は亀頭と浩介の顔を交互に見つめて、ついに陰嚢を手のひらで包みこんだ。やわやわと揉みほぐされると、それだけで蕩けそうな快感がひろがった。

「おおおっ、そ、それ……」

「これが気持ちいいんですね」

「うむっ……くううっ」

情けない呻き声をとめられなくなる。

下肢をだらしなく開き、双つの球をねっとりと転がされて、瞬く間に骨抜きにされていく。睾丸(こうがん)をいじられただけで、抗う気持ちが萎えてしまう。文字どおり、手のひらで転がされている状態だった。

「こ、こんなこと、いけないよ……ううっ」

「いいじゃないですか。気持ちよくなっちゃえば」

「で、でも……」

「恭子先輩だって、あんなにいやらしい声で喘いでたんですよ」

亜衣の声に力がこもる。先ほど覗き見た光景が、強く影響しているのだろう。片手で陰嚢を揉みながら、もう片方の手で肉竿(にくざお)を握ってきた。

「こんなにカチカチにしちゃって」

「ううっ……」

大量に溢れたカウパー汁が、亀頭だけではなくペニス全体を濡らしている。それなのに、彼女は気にする素振りもなく指を絡みつかせてきた。

「わたしたちだって、気持ちよくなりたいじゃないですか」

「み……南沢さん？」

「だって、わたし……国仲さんも我慢できないんでしょう？」

亜衣が股間に顔を寄せたまま囁きかけてくる。

もうどうすればいいのかわからない。浩介は完全にペースを握られて、肯定も否定もできずに黙りこんだ。

「奥手なんですね。わたしがすっきりさせてあげます」

ペニスに巻きついた指が動きだす。カウパー汁が潤滑油となり、彼女の白く細い指が太幹の表面をヌルヌルと滑る。焦れったいほどスローな動きが、なおのこと快感を膨れあがらせていた。

「むうっ……こ、こんなこと……」

「気持ちよくないですか？」

亀頭に熱い息を吹きかけながら尋ねられる。浩介は答える代わりに、腰を小刻みに震わせた。

「くおおっ」

「ふふっ……国仲さんって可愛いですね。なんだか苛めたくなっちゃう」

指のスライドする速度が徐々に速くなる。カリの段差を通過すると、痺れるような愉悦が全身へとひろがった。

「くううっ、ま、待って……それ以上されたら……」

「出ちゃいそうですか？　でも、まだダメですよ」

亜衣は悪戯っぽい笑みを浮かべると、ペニスから手を離してしまう。そして、腰骨のあたりに唇をそっと押し当ててきた。

「うっ……ど、どうして？」

「せっかくなんだから、もっと楽しませてください」

なにやら雰囲気がすっかり変わっている。仕事中の可愛らしい姿とは別人で、瞳の奥には青い情念の炎が揺らめいていた。

ペニスの周囲に、ついばむようなキスの雨を降らせてくる。太腿の付け根や腰骨、臍の下にもやわらかい唇が触れてきた。そのたびに勃起がヒクついて、先端から新たな汁が溢れてしまう。

「ちょっ……そ、そんな……むううっ」

思わず両手でシーツを握り締める。腰が震えるのをとめられない。浩介にもう少し度胸があったなら、迷わず会社の後輩バスガイドを押し倒していただろう。

実際、欲望を抑えきれなくなり、今にも体を起こしそうになる。ところが、亜衣はまたしても愛撫の手を休めてしまう。そして、すでに解けている浩介の浴衣の帯を手に取った。

「手を出してください」

「……え？」

「いいから、早く」

有無を言わさぬ強い口調でうながされて、浩介はおずおずと両手を差しだした。すると、素早く手首に帯が巻きつけられる。左右の手首をひとまとめにして、しっかりと拘束されてしまった。

「あ、あの……これは？」

「わたし、責めるほうが好きなんです」

亜衣は膝立ちの姿勢になると、口もとに淫靡な笑みを浮かべて浴衣を脱ぎ捨てた。瑞々しい身体に纏っているのは、黒いブラジャーとパンティだ。しかも、精緻なレースがあしらわれたセクシーな下着だった。

乳房が大きいので、ブラジャーのカップから溢れてしまいそうだ。それなのに、腰は頼りないほど細く締まっている。パンティのカットが深く、恥丘の膨らみが艶めかしく強調されていた。

(これが、あの南沢さん?)

浩介は両目を見開き、思わず言葉を失った。

会社の同僚たちが見たら、きっと腰を抜かすに違いない。普段は大人しすぎるほどで、今日などは酔客に絡まれて涙を流していた。そんな亜衣が黒い下着姿になり、迫ってくる。しかも、浩介の両手は帯で縛られていた。

「こ、これ……解いてもらえるかな?」

「心配しなくても大丈夫ですよ。国仲さんは寝てるだけでいいですから」

亜衣は拘束した手を頭上にあげさせると、添い寝をするように身を寄せてくる。そして、乳首にチュッと口づけしてきた。

「くうっ……」

「感じますか?」

浩介が声を漏らすと、亜衣は楽しそうに舌を伸ばして舐めまわす。乳首は瞬く間に硬くなり、ますます感度が高くなった。

「ちょっと、待って……ううっ」

反対側の乳首にも吸いつかれて、やさしくしゃぶられてしまう。これほど乳首が感じるとは思わなかった。尖り勃ったところを甘噛みされて、電流にも似た快感が走り抜けた。

ペニスは大きく反り返り、大量の先走り液を滴らせている。乳首に舌を這わされるたび、ヒクヒクと小刻みに跳ねまわった。

「すごく動いてますよ」

亜衣が勃起を見つめながら、面白がって乳首に軽く歯を立てる。そして、腰骨から太腿にかけてを、手のひらで撫でまわしてきた。

「ううう……み、南沢さん」

「触ってほしい？」

乳首を舌先で弾きながら尋ねてくる。浩介が答えずにいると、硬直したペニスの裏側を指先でサッとひと撫でした。

「くうッ！」

思わず呻き声が漏れて、尻がシーツから浮きあがる。

欲望を溜めこんだ男根は、暴発寸前まで追い詰められていた。軽く触れられただけでも、鮮烈な快感がひろがっていく。ところが、刺激を与えられたのは一度きりで、もうペニスには触れてくれなかった。

「ねえ、どうなの？　触ってほしいでしょ？」

後輩バスガイドは意地悪く囁き、乳首ばかりを責めてくる。指先でクニクニといじりまわしては、不意を突くようにしゃぶりついてきた。

「くあッ、も、もう……ううぅッ」

中途半端な快感だけを与えられつづけても、決して昇り詰めることはできない。生殺し状態だった。無意識のうちに内腿を擦り合わせてみるが、そんなことはなんの解決にもならず、逆に焦燥感ばかりが募っていった。

「ちゃんとお願いしたら、もっと気持ちいいことしてあげますよ」

亜衣は耳に唇を寄せてきたと思ったら、息を吹きこみながら舌を挿入してくる。ねちねちと舐めまわされて、またしても先走り液が溢れだした。

「ううッ、もう……もう……」

「気持ちよくなりたい？」

耳たぶを甘噛みされると、もう我慢できなかった。浩介はたまらず空腰を使いながら、涙目になって何度も頷いた。

「じゃあ、お願いしてください」

簡単には快感を与えてもらえない。彼女の手は臍の下を撫でまわし、陰毛を指先で弄んでいた。

「うむっ……も、もっと……」

「もっと、なに？」

耳もとで囁かれて、またしてもペニスの裏側をサッと撫でられる。たまらず遠ざかっていく指を追いかけるように、腰を高々と突きあげた。

「くううッ、もっと気持ちよくしてください！」

後輩に向かって懇願する。もう訳がわからなかった。とにかく欲望を解放したくて仕方がない。恥も外聞もかなぐり捨てて、大声で叫んでいた。

「ふふっ……じゃあ、気持ちよくしてあげる」

亜衣は身体を起こして膝立ちの姿勢になり、見せつけるように両手を背中にまわしていく。そして、わざと時間をかけてブラジャーのホックを外すと、張りのある双乳が勢いよくまろびでた。

「おおっ！」

思わず目を見張る巨乳だった。

染みひとつない白い丘陵はツンと上向きで、透明に近いピンクの乳首が頂上部分に鎮座している。新鮮なメロンを思わせる見事なまでの乳房だ。しかも、乳首は触れてもいないのにビンビンに尖り勃っていた。

さらにパンティもおろすと、陰毛がうっすらとしか生えていない股間が剝きだしになる。恥丘には卑猥な縦溝がはっきりと刻まれていた。

「どうですか？」

顔を赤らめながらも、挑発的に胸のすぐ下で腕を交差させる。乳房の大きさを誇示しつつ、濡れた瞳で見おろしてきた。

「お、大きくて……綺麗……です」

相手は後輩のバスガイドだが、つい最後に「です」とつけ加えてしまう。完全にペースを握られていた。

「じゃあ、約束どおり気持ちよくしてあげますね」

亜衣は答えに満足したらしく、にっこり微笑んだ。そして、すかさず浩介の腰をまたいでくる。両膝をシーツにつけた騎乗位の態勢で、屹立に手を添えてヒップを落としてきた。

「うおっ！」

亀頭の先端が柔らかい部分に触れると、すでにそこは充分に濡れていて、すぐさまヌプッと沈みこむ。サーモンピンクの陰唇が蠢き、ペニスを見るみる呑みこんでいく。

「おおっ……おおおっ」

ペニスはあっという間に蜜壺のなかに呑みこまれて、強烈な快感が湧きあがってくる。熱く潤んだ媚肉が、限界まで硬直した男根をやさしく包みこんでいた。

「あううっ……大きい」

「なかがウネウネして……くううっ」

少しでも動くと暴発してしまいそうだ。浩介は縛られた両腕を頭上に伸ばし、仰向けの状態でじっとしていた。

「ああっ、硬い」

彼女の愛らしい声が響き渡る。硬直した肉柱を根元まで挿入して、たまらなそうに下腹部をうねらせていた。

「う、動かないで……」

「はあンっ……どうして、こんなに硬いの？」

眉を切なげに歪めて、見おろしてくる。彼女も抑えきれない欲望を抱えていたらしく、さっそく腰を前後に振りはじめた。

「うわっ、ダ、ダメだって」

「気持ちよくしてあげます……ああっ」

「うおっ、す、すご……うぬぬっ」

すぐに果てたりしたら格好悪い。なにしろ相手は後輩のバスガイドだ。ここは先輩として、少しでも長持ちさせなければならない。浩介は赤鬼のように顔を真っ赤にしながら、懸命に奥歯を食い縛った。

しかし、散々焦らし抜かれて性感を高められているので、瞬く間に快楽の波が押し寄せてくる。とにかく、暴発しないようにするので必死だった。

「くううッ！」

「ああっ、いいっ、はンンっ」

亜衣は胸板に両手を置いて、腰の振り方をどんどん激しくする。蜜壺はまるで別の生き物のように蠢き、ペニスを思いきり締めつけてきた。グチュグチュと湿った音が響き渡り、いつしか浩介も腰を突きあげていた。

「くおッ……おおッ……おおおッ」

「ああッ、すごいっ、あああッ」

まるでロデオのように、馬乗りになった亜衣の裸体が跳ねあがる。大きな乳房を揺らしながら、愛らしい顔を快楽に歪めていく。それでも、主導権を渡すまいと、股間を擦りつけるように腰を前後に振っていた。

「あンッ、あンッ……ああンッ」

「ぬううッ、し、締まるっ」

浩介に何度も射精の波が押し寄せる。そのたびになんとか耐え忍んでいるが、そろそろ限界が近づいていた。

「も、もうっ、俺……くうううッ」

「イキそうなの？　ねえ、もうイッちゃいそうなの？」

浩介の苦しそうな顔を見て、亜衣はますます腰を激しく振りはじめる。男を追い詰めるのが楽しいのか、太腿で腰をしっかり挟みこんで蜜壺を思いきり収縮させた。

「くおおおッ！　い、いいっ」

「ああッ、イキたいんでしょ？　なかでイッてもいいよ」

激しく腰を振りながら、亜衣が悩ましく声をかけてくる。浩介はペニスを媚肉で絞られる快感にまみれて、たまらず獣のような呻き声を迸らせた。

「くおおおッ、もうダメだっ、で、出ちゃうっ」

「はンンッ、いいよ、あッ、あッ、いっぱい出してぇっ」

濡れた瞳で見つめられ、熱にうなされたような口ぶりで中出しを許してくれる。そのひと言だけで、こらえにこらえてきた射精感が暴走した。

「で、出る出るっ、おおおおッ……ぬおおおおおッ！」

凄まじい快感が突き抜ける。腰を激しくバウンドさせながら、ついに後輩バスガイドのなかに、思いきりザーメンを注ぎこんだ。

「あああッ、いいっ、気持ちいいっ、わたしも、あああああッ、イッちゃううッ！」

亜衣も女体を仰け反らせて絶叫する。膣奥に熱い迸りを受けて、瞬く間にオルガスムスの高波に呑みこまれていった。

アクメの余韻が漂うなか、二人は無言で腰を振りつづけた——。

第四章　お仕置きは後部座席で

1

鬼怒川温泉ツアーの二日目――。

昨日は行きの車内で宴会がはじまり、亜衣が絡まれて大変だったが、今日は一転して静かだった。昨夜、旅館で大宴会があったらしい。帰りのバスでは、ほとんどの乗客たちが疲れ切った様子で眠っていた。

予定時刻の午後三時頃、ツアーの解散場所に無事着いた。

そこで乗客を降ろし、バスは舟丘市内を会社に向かって走行していた。

もう乗客はいないのに、気持ちはピーンと張り詰めている。それでも、何事もないように振る舞うのがつらかった。

（なんか、緊張する……）

浩介はハンドルを握りながら、心のなかでつぶやいた。

運転席から見て左側にあるバスガイド専用座席と補助席に、恭子と亜衣が並んで座っている。二人は普通に言葉を交わしているが、浩介は気が気でなかった。

なにしろ、恭子は露天風呂で久志に抱かれており、その姿を浩介は亜衣とともに目撃したのだ。

昨夜の光景が脳裏をぐるぐるとまわっている。

立ちバックで突かれて喘ぎまくる恭子の姿は衝撃的だった。しかもその後、浩介は亜衣とセックスしている。両手を縛られての騎乗位は、あまりにも甘美で強烈すぎる体験だった。

（あんなことがあったのに、二人ともよく平気な顔してられるよな）

なかば呆れて、なかば感心ながら、恭子と亜衣の会話に聞き耳を立てていた。

自分も参加したいが、とてもそんな度胸はない。恭子の顔を見れば悩ましいよがり顔が、亜衣の顔を見ればサディスティックな微笑みが浮かんでしまう。いずれにせよ、彼女たちと言葉を交わして平常心を保っている自信がなかった。

「恭子先輩、ありがとうございました」

亜衣の声が聞こえてきた。

普段通りの物静かな口調で丁寧に礼を述べている。昨夜の淫らな姿が嘘に思えるような、落ち着き払った雰囲気だった。

「あらたまってどうしたの？」

恭子がやさしい声で聞き返す。すべてを受けとめてくれそうな、じつに心地よい声音だ。

「すごく勉強になりました。今回のツアーで、少し成長できた気がします」

「それはよかったわ。昨日は大変だったけど、あれも勉強だと思ってね」

事情を知らなければ、ありきたりな先輩と後輩の会話にすぎない。ところが、すべてを知っている浩介は、朝から緊張しっぱなしだった。

（頼むから、余計なこと言わないでくれよ）

昨夜、亜衣は「裏切られた気分」だと言っていた。どこかでスイッチが入って、怒りの言葉をぶつけないとも限らない。浩介は何事も起こらないことを願いながら、会社に向かってバスを走らせた。

「わたし、恭子先輩みたいなバスガイドになるのが目標なんです」

「まあ、嬉しいわ。亜衣ちゃんは真面目で頑張り屋さんだから、これからもっといいバスガイドになれるわよ」

二人は当たり障りのない会話をつづけている。しばらくしてバスは会社に到着し、浩介は敷地内を最徐行で駐車場に移動させた。

「ずっと、目標だったんです……」

「亜衣ちゃん？」

「そ、それなのに……」

亜衣の声が震えている。なにやら様子がおかしい。恭子と言葉を交わすうちに、急に気持ちが昂ぶったのだろうか。心配になってチラリと見やると、複雑そうな表情で下唇を嚙み締めていた。恭子も亜衣の急変に不思議そうな顔をしている。

「南沢さん……」

浩介は黙っていられず声をかけた。

懸命に怒りをこらえているのだろう。このままだと、亜衣は昨夜見たことをぶちまけてしまいそうだ。恭子に憧れる者同士、彼女が苛立つ気持ちはよくわかる。とはいえ、覗いていたことを知られるわけにはいかなかった。

「あ、あのさ、バックの誘導をお願いしてもいいかな？」

とにかく、二人を離したほうがいいと判断した。

バスは駐車位置まで来ている。バックするときは、事故防止のため必ずバスガイドが誘導する規則になっていた。

「わかりました」

亜衣は静かに息を吐きだすと、バスから降りて後方にまわりこんだ。

運転席の窓を全開にして、彼女が吹く笛の音を聞きながらバックする。定位置に停車すると、しっかりサイドブレーキを引いてエンジンを切った。

そのまま亜衣は車内に戻らず、事務所のほうへと歩いていく。まだ気持ちが落ち着かないのかもしれない。おそらく、今は恭子と顔を合わせるべきではないと判断したのだろう。

「どうしちゃったのかしら……」

恭子がぽつりとつぶやいた。

まさか昨夜のことを目撃されているとは思っていない。足早に去っていく亜衣の後ろ姿をフロントガラス越しに見つめて、不思議そうに首をかしげていた。

（ああ、恭子さん……）

二人きりになり、新たな緊張感がこみあげてくる。それでも、浩介は彼女の横顔に見惚（みと）れていた。

「浩介くん、なにか聞いてる?」

「い、いえ……とくには……」

慌てて誤魔化すが、胸の鼓動は高鳴る一方だ。

熟れた女体と生々しいよがり声が、またしても脳裏によみがえってくる。恭子は露天風呂で岩に両手をつき、背後から久志に貫かれていた。女体をうねらせて喘ぎまくる姿は、心の奥深くにしっかりと刻みこまれている。

くびれた腰を振りながら昇り詰めるシーンがとくに強烈で、思い返すたびにペニスが疼いてしまう。普段の淑やかな姿からは想像できない、あまりにも淫らがましい光景だった。

(ヤバ……また……)

スラックスの股間が瞬く間に膨らみ、痛いくらいに張り詰める。それと同時に、久志に対する嫉妬が湧きあがってきた。

つい先日まで童貞だった浩介とは異なり、久志はいかにも経験が豊富そうだ。言動がスマートで女性の扱いが上手い。おそらく、これまで女に不自由したことはないだろう。セックスで感じさせるテクニックにも長けていた。

二度も見ているのだからよくわかる。恭子をその気にさせて、確実に絶頂を与えていた。これから先も抱かれることがあれば、そのたびに彼女はめくるめく快楽に乱れまくるのだろう。

（でも、俺だって……）

浩介はハンドルを強く握り、奥歯をギリッと嚙み締めた。

昨夜は亜衣のことを絶頂させている。最初は彼女から責められていたが、最後は騎乗位で腰を突きあげて、思いきり蜜壺のなかを搔きまわした。自分でも女性を感じさせることができるのだと、多少なりとも自信になった。

「わたしたちも行きましょうか」

恭子が席から立ちあがろうとする。

今を逃したら、次はいつ二人きりになれるかわからない。放っておいたら、彼女は久志のものになってしまう。二度も覗いて屈辱を味わわされたせいか、あの男にだけは渡したくないという気持ちが強かった。

「恭子さん……」

浩介は急いで立ちあがり、運転席から通路に飛びだした。

「どうしたの？」

いきなりで驚かせてしまったかもしれない。席から腰を浮かせた恭子が、仰け反るような仕草をした。

「ちょっとだけ、いいですか？」

「え、ええ……」

「大切なお話があるんです」

「そう……じゃあ、事務所で聞くわね」

どうやら警戒されてしまったようだ。恭子は頬をひきつらせながらも、懸命に微笑みを浮かべている。それでも、浩介はめげずに語りかけた。

「事務所じゃダメなんです」

「でも……」

「二人きりで話したいんです」

もう一度、気持ちをこめて告白するつもりだ。熱い想い伝えることができれば、振り向いてもらえるかもしれない。昨日は気負うあまり、なにをしゃべったのかほとんど覚えていなかった。

「ほんの少しでいいんです。お話しさせてください」

「怖い顔して、どうしたの？」

恭子は冗談混じりに言うが、浩介の背後にある乗降口を気にしている。早くバスから降りたいと思っているのかもしれない。浩介が気持ちを伝えようと焦れば焦るほど、彼女は警戒心を強めていった。

「お、俺、本気なんです！」

つい口調が強くなる。無意識のうちに一歩踏み出すと、恭子は怯えたような表情でよろよろと後ずさりした。

2

「わかったから、落ち着いて」

恭子は小声でつぶやきながら、バスの後方へとさがっていく。襲われると勘違いしているのか、瞳が落ち着きなく揺れていた。

「ち、違いますよ」

慌てて顔の前で手を振り、ゆっくりと歩を進める。気持ちを伝えたいという思いから、無意識のうちに追いかけていた。

「なんか誤解してませんか？　俺はただ……」

「た、ただ？」

聞き返してくる恭子は、すでにバスの後部座席までさがっている。膝の裏が座席に当たって座りこみ、追い詰められたような顔で見あげていた。

「俺はただ、もう一度……その……」

浩介は制帽を取り、胸の前で握り締める。意を決して告白しようとするが、いざとなると言い淀んでしまう。せっかく二人きりになれたのに、そんな雰囲気ではなくなっていた。

「恭子さんのことが……やっぱり……」

結局、立ち尽くしたまま顔を赤くして口籠（くちご）もる。

一度振られているのに、再び告白するのは勇気がいることだ。しつこい男と思われるのは嫌だった。

「やっぱり、どうしたの？」

恭子がやさしく声をかけてきた。

もう怯えた顔はしていない。それどころか、目が合うと元気づけるように頷いてくれた。

「なにか言いたいことがあるのでしょう？」

「やっぱり、恭子さんのこと……す、好きなんです」

声が震えてしまったが、気持ちを伝えることはできたと思う。しかし、彼女は困惑の表情を浮かべていた。

「本当に気持ちは嬉しいのよ……でも、ごめんなさい」

恭子は立ちあがると、申し訳なさそうに見つめてくる。そして、おもむろに制帽を取り、深々と頭をさげた。

（そんな……）

またしても玉砕だった。

ショックで頭のなかが真っ白になる。二日つづけて同じ女性に振られて、恥ずかしいやら情けないやらで、涙が溢れそうになってしまう。この場にいるのも苦しくなり、逃げだしたい衝動に駆られた。

そのとき、彼女がゆっくりと頭をあげて、制服のブラウスに包まれた乳房が大きく弾んだ。

（このおっぱいは、もう……）

久志のものだと思うと、猛烈な悔しさがこみあげてくる。

諦めが悪いと思われるかもしれないが、どうしても渡したくない。恭子を想う気持ちは、誰にも負けない自信がある。それこそ高校時代に出会ったときから、ずっと焦がれてきたのだ。久志のような軽い男に、彼女を幸せにできるはずがなかった。

「やっぱり……あの男がいいんですか？」

「え……？」

「久志って奴ですよ。あいつを選ぶんですね」

自分でも驚くほど低い声になっている。すべてをぶちまけたい衝動と、それを抑えこもうとする理性が戦っていた。

「磯村さんのことは……別に……」

恭子は小声でつぶやき視線を逸らしていく。

昨夜は「磯村先輩」と呼んでいたのに、今は距離が縮まったのか親しげに「磯村さん」と呼んでいた。それなのに彼女は誤魔化そうとする。いっそのこと、久志を選ぶと宣言してくれたほうがましだった。

「じゃあ、あいつとはどういう関係なんですか？」

「前にも言ったけど、高校のときの先輩で……」

「もう誤魔化すのはやめてください。俺、見ちゃったんです」

つい勢いで言い放っていた。

事実を突きつけられて振られるほうが、よほど諦めがつく。適当にはぐらかされるのは、それこそ相手にされていないようで我慢ならない。久志のことが好きだと言われれば、身を引くしかないのだから……。

「見たって……なにを？」

恭子はこの状況でも、本心を語ろうとしない。そんな曖昧な態度を取られて苛立ちが募っていく。

「知ってるんですよ。あいつといっしょに露天風呂に入ってたでしょう」

「なっ……まさか、覗いてたの？　ひどいっ」

一瞬絶句すると、彼女は険しい表情になった。直後に咎めるような瞳で見つめられて、浩介は頭にカッと血を昇らせた。

「たまたま通りかかっただけです。恭子さんがあんな声で喘ぐから……」

「強引に迫られて……それで……」

「でも、悦んでたじゃないですか。恭子さんがいけないいんだ！」

昨夜の光景を思いだすと、またしても嫉妬の炎が再燃する。あっという間に理性が焼きつくされて、もう自分を抑えることができなくなった。突きあげる本能に従い、恭子をバスの後部座席に押し倒した。

「きゃっ！」

「恭子さんっ」

女体に覆い被さり、無我夢中で首筋にむしゃぶりつく。

駐車場は会社の敷地の隅にあり、バスの背後はコンクリートの壁になっている。外から見られる可能性は低かった。滑らかな肌が唇に触れることで、ますます牡の血が掻きたてられる。懸命に逃れようとするのを押さえつけて、柔肌をチュウチュウと吸いまくった。

「ああっ、いやっ、やめて」

恭子の抗う声が聞こえてくる。

白い手袋をはめた手で肩を押し返そうとするが、男の力に敵(かな)うはずがない。浩介は馬乗りになってがっしり押さえつけると、膨れあがる欲望にまかせて白い首筋をねぶりまわした。興奮しきって、もう後戻りできなくなっていた。

(俺のものだ……今だけは俺のものなんだ！)

誰にも渡したくない。振り向いてくれないのなら、せめて今だけでも自分のものにしたかった。迸(ほとばし)る激情に抗わず、魅惑的な唇を強引に奪った。

「ダ、ダメ……ンンンっ」

強引に唇をこじあけて、舌を深くねじこんだ。

彼女の呻き声に興奮を煽られ、口内を好き放題に舐めまわす。奥で縮こまっていた舌を絡め取り、甘露のような唾液を啜りあげた。

「うぅっ……はむぅっ」

恭子は眉を困ったように歪めて、ゆるゆると首を左右に振っている。キスから逃れようとしているらしいが、浩介は構わずに舌を吸いあげた。

「ンンンンっ」

密着している唇の隙間から、子犬の鳴き声のような切ない呻き声が溢れだす。そんな戸惑う様子が、ますます牡の本能を刺激した。

(ああ、やっぱり恭子さんは最高だよ)

もう絶対に離したくない。許されるなら永遠に抱き合っていたかった。

甘い唾液を味わいつつ、ブラウスの上から胸の膨らみに手を重ねた。途端に彼女は身をよじるが、双つの乳房を交互に揉みまくる。唇も離すことなく、延々とディープキスで口内をねぶりつづけた。

「ンぅっ、や、やめて……うむううっ」

恭子は懸命に身をよじり、浩介の肩を全力で押し返してくる。だから、ますます強い力で抱きすくめて、熟れた身体を弄った。

「はンンっ……あふンっ」

しだいに女体から力が抜けて、悩ましい鼻声が溢れだす。浩介はここぞとばかりに、蕩けそうな舌を吸いたてた。

「あむううっ」

彼女の呻き声を聞いているだけで、ペニスが硬く鉄のように硬直する。下腹部に押しつけると、恭子は慌てたように唇を振りほどいた。

「ダ、ダメよ、こんなところで」

「俺、本気なんです。恭子さんのこと」

「ねえ、お願いだから落ち着いて……はむううっ」

再びキスで唇を塞ぎ、深く舌を差し挿れる。強引に舌を絡めて、抗いの言葉を遮った。唾液を啜りあげては、反対にトロトロと流しこむ。すると、彼女は息苦しさのあまりに、喉を鳴らして嚥下した。

「ンふっ……むふぅっ」

胸も揉みながら、舌をねちっこく吸いまくった。

そんなことを繰り返しているうちに、いよいよ抵抗の力が弱まってくる。いつしか彼女の両手は座席の上に落ちていた。逃げられないと悟ったのか、それとも強引な愛撫に感じはじめたのか……。

「恭子さん……」

ディープキスを中断して声をかけてみる。ところが、恭子は睫毛をそっと伏せて、息を乱しているだけだった。

(やっぱり感じてるんだ……俺が感じさせたんだ)

浩介の興奮はどんどん膨張していた。

スラックスの股間がはち切れそうなほど膨らみ、ボクサーブリーフのなかはカウパー汁にまみれている。ここまで来たら、最後までしなければ気がすまない。浩介は鼻息を荒らげて、彼女の制服に手を伸ばした。

「お願い、待って……」

首もとを飾るリボンはそのままに、ブラウスのボタンに指をかける。すると、恭子が掠(かす)れた声でつぶやいた。

「ここでは……バスのなかでは許して」

身をよじることもなく、小声で懇願してくる。もう抗っても無駄だと観念しているのかもしれない。ただ職場での淫らな行為には抵抗があるようだった。

「どこか、他の場所で……」

彼女の声を無視して、制服のブラウスのボタンをすべて外していく。すると、濡れた唇から絶望の喘ぎが溢れだした。

「ああっ、そんな……ひどいわ」

前を大きくはだけさせると、淡いラベンダー色のブラジャーが露わになった。たっぷりとした乳肉が、ハーフカップからこぼれそうになっている。それなのに、頭にはバスガイドの制帽が乗っており、首にはリボンが残っていた。たまらない光景だった。

「浩介くん、お願いだからここでは……」

彼女が動揺すればするほど、なぜか浩介の心は冷静になっていく。もっと恥ずかしい目に遭わせたいという、少し意地悪な気持ちになっていた。

「後でわたしの部屋に来ていいから……」

「バスだから、いいんじゃないですか」

浩介は聞く耳を持たず、ブラジャーの上から双乳を鷲掴みにする。ねっとりと揉みあげてやれば、すぐに彼女の唇から吐息が溢れだした。

「はぁっ……い、いや」

肉体に火がついているのかもしれない。顔から首筋にかけてが、ほんのりと上気している。腰をよじらせる姿も抵抗しているわけではなく、官能の波の上を漂っているというふうに感じた。

「いけないわ、ここは職場なの……ねえ、わかって」

「俺はバスガイドをしている恭子さんが好きなんです。だから、どうしてもここでしたいんです」

ブラジャーのカップを押しあげて、豊満な乳房を剝きだしにする。鮮やかなピンクの乳首は、すでに硬く尖り勃っていた。

「やっ、恥ずかしい……」

反射的に両手で覆い隠すが、すかさず手首を摑んで引き剝がす。馬乗りになった状態で、両手を顔の横に押さえつけた。

「ちゃんと見せてください」

「いやよ、そんなに見ないで」

恥じらう声が、なおのこと興奮を煽りたてる。だから、浩介はわざと乳房に顔を近づけて貪り眺めた。

「どうして乳首が勃ってるんですか？」

「そ、そんなこと……」

「勃ってますよ、ビンビンに」

隆起した乳首は、まるで刺激を欲するように揺れている。試しにフーッと息を吹きかけると、敏感そうに乳房全体が波打った。

「ああンっ……」

「やっぱり感じてるんですね」

言葉でも責めたてれば、彼女は切なげな表情で首を振る。もうほとんど抵抗らしい抵抗をせず、潤んだ瞳で縋るように見あげていた。

息を吹きかけるたび、乳首がますます勃起するような気がする。乳輪までふっくらと盛りあがり、ピンク色が若干濃くなっていた。早く触れてほしいとばかりに充血して、先端が唇に触れそうなほど尖り勃った。

「はあっ、い、いや……」

「まだ触ってないのに、なんかすごいですね」

「ヤンっ、言わないで……だって、浩介くんが……」

恭子が恨めしげな瞳で見つめてくる。小声で抗議をしてくるが、甘えるような響きも混ざっていた。

「触ってもいいですか？」

「お願いだから、今は……せめて、仕事が終わってからにして」

困り果てた様子で言われると、ますます意地悪をしたくなってしまう。浩介は両手で双乳を揉みあげて、再び乳首に息を吹きかけた。

「あンっ……も、もう許して……」

彼女の震える声を聞いているだけで、ボクサーブリーフのなかに先走り液が溢れてしまう。我慢できなくなり、舌を伸ばして乳首をペロリと舐めあげた。

「はンンっ、ダメぇっ」

軽く触れただけなのに、女体が跳ねあがるほど反応する。さらに唇をぴったり被せて舌を這わせれば、口内に甘酸っぱい汗の味がひろがった。

窓が閉まっているため、エアコンを切った車内の温度はどんどんあがっている。愛撫を施された女体は、ほんのりと汗ばんでいた。

「ああっ、ダメだって言ったのに……はンンっ」

恭子は両手で浩介の頭を抱き、女体をくなくなと揺らしている。もはや感じているのは明らかで、ひっきりなしに喘ぎ声が漏れていた。

「あっ、やンっ……ああっ」

左右の乳首を交互にしゃぶり、ときおり不意を突くように甘噛みする。さらに唇に吸いつくと、彼女のほうから積極的に舌を絡めてきた。

「はうンっ、浩介くんがこんなに強引な人だったなんて……」

恭子は困惑したように囁きながらも、人が変わったように口内を舐めまわしてくる。官能の炎を燃えあがらせているらしく、自ら腰を揺すって下腹部に触れている浩介の股間を刺激してきた。

「ううっ……お、俺、もう我慢できません！」

いったん彼女から離れると、制服を脱ぎ捨てていく。あっという間にグレーのボクサーブリーフと黒靴下だけになった。股間は大きく膨らみ、先走り液の染みが黒々とひろがっている。濃厚な牡の匂いも車内に漂いはじめた。

「はぁ……浩介くん」

恭子が憂いを帯びた瞳で見あげてくる。

後部座席で仰向けに横たわっており、うっとりした表情を晒していた。制帽はしっかり被っているのに、ブラウスの前は大きくはだけている。首に巻きついているリボンが、まるで首枷（くびかせ）のように感じられた。

（なんていやらしいんだ……）

浩介は言葉を失い、何度も生唾を呑みこんだ。

はだけたブラウスから覗く乳房の先端は尖り勃ち、唾液にまみれて濡れ光っている。

濃紺のタイトスカートがずりあがり、ストッキングに包まれた太腿が大胆に露出していた。じれったそうに内腿を擦り合わせる仕草が卑猥だった。

「なにやってるんですか？」

突然、背後から抑揚のない声が聞こえてきた。

心臓がとまるかと思った。恐るおそる振り返ると、そこには怒りを露わにした亜衣が立っていた。

3

「み……南沢さん」

浩介は両目を見開き、呆然と立ち尽くしていた。

老人のように嗄（しゃが）れた声しか出なかった。喉がカラカラに渇いて、まともにしゃべることができない。股間を膨らませた状態で、逃げも隠れもできなかった。

「ひっ……」

恭子もひきつった声を漏らし、慌ててブラウスの前を掻き合わせる。驚愕の瞳を亜衣に向けて固まっていた。

「どういうことですか？」

亜衣は半裸の恭子を見やると、浩介の顔をにらみつけてくる。制服姿で頭には制帽を乗せているが、いったん事務所に戻ったためか手袋はしていない。愛らしい顔に怒りを滲ませながら、ゆっくりと迫ってきた。

「遅いから様子を見にきたら、まさかこんなことしてるなんて」

妙に静かな声が逆に恐ろしい。浩介のすぐ目の前まで来ると、彼女はさも残念そうに溜め息をついた。

「国仲さん、わたしの気持ちわかってますよね」

「こ、これは、その……」

亜衣に追い詰められて、しどろもどろになってしまう。この状況では言いわけのしようがない。なにをしていたかは一目瞭然だ。余計なことを言うと、火に油を注ぐことになりかねなかった。

「これって抜け駆けじゃないですか」

「ぬ、抜け駆けって……」

彼女が恭子に憧れているのは知っている。それが恋愛感情に近いことも、昨夜の言動でわかっていた。だからといって、どういう関係を望んでいるのかまでは想像できていなかった。

「もしかして、南沢さんって……」

言葉にするのは憚られるが、亜衣は女性同士で愛し合う趣味があるのだろうか。とはいえ、昨夜は浩介と燃えあがったのだから、いわゆる両刀使いということも考えられる。

（まさか、南沢さんが……）

にわかには信じがたいが、おそらく間違っていないだろう。これだけの剣幕で怒るということは、恋愛感情の裏返しとしか思えなかった。

「なんですか？　裏切ったのは国仲さんのほうですよ」

「べ、別に裏切ったわけじゃ……」

確かに昨夜、恭子への想いを共有した。だからこそ、二人は肌を重ねたのだ。なにか特別な約束を交わしたわけではない。告白するのは個々の自由だと思うが、一方で亜衣が腹を立てるのもわかる気がする。とにかく、今はなにを言っても、頭に血を昇らせている彼女の神経を逆撫でするだけだ。

「わたし、本気で怒ってるんですよ」

亜衣は頬を膨らませると、顔をグッと近づけてきた。

怒りは伝わってくるが、基本的に可愛らしい顔立ちなので、今ひとつ迫力に欠けている。それでも、早くなだめなければ面倒なことになりそうだった。

「あ、謝るよ……俺が悪かったよ」

浩介は顔の前で両手を合わせると、とにかく謝罪した。

これで落ち着いてくれるかと思ったが、亜衣は不機嫌そうに顔をプイッと背けてしまう。そして、立ち尽くしている浩介を押しのけて、後部座席に横たわっている恭子に歩み寄った。

「先輩はどう思ってるんですか？」

憧れていたからこそ、恭子に対する怒りが収まらないのだろう。亜衣は返答をうながすように、鋭い目つきでにらみつけた。

「ど、どうって……」

突然矛先を向けられて、恭子が戸惑いの表情を浮かべる。彼女は浩介に襲われた被害者だ。まさか、この場で詰問（きつもん）されるとは思っていない。言葉に詰まり、助けを求めるように浩介を見つめてきた。

（お、俺に振られても……）

横から口を挟めば、ますます亜衣を怒らせてしまいそうだ。それに、なにを言えばいいのかわからなかった。

「ちょっと、なに見つめ合ってるんですか？」

案の定、亜衣の口調がいっそう不機嫌になる。浩介と恭子がアイコンタクトを取っていることに気づいて、激しい嫉妬と憤怒を爆発させた。

「バスのなかでこんなこと許されません。上司に報告します」

「ま、待って……」

恭子が慌てて口を開く。縋りつくように亜衣の手を取り、懸命に語りかけた。

「違うの、誤解よ」

「国仲さんに襲われたとでも言うつもりですか？」

冷たく言い放つが、亜衣は手を振り払おうとしなかった。それどころか、憧れの人の手をしっかりと両手で包みこんでいた。

「あ、亜衣ちゃん？」

「でも、恭子先輩の声、感じているようにしか聞こえませんでしたよ」

「あなた、いつから……」

「ちょっと前です。先輩、おっぱいをモミモミされて、すごく気持ちよさそうにしてましたね」

彼女の言葉は、浩介にとっても衝撃だった。

まったく気づかなかったが、しばらく観察されていたらしい。

「わたし、恭子先輩みたいなバスガイドになるのが目標でした。それなのに、勤務時間中にバスのなかでこんなことするなんて最低です」

亜衣は恭子の手を握ったまま、辛辣な言葉を浴びせかける。想いが強い分、言葉がきつくなるのだろう。傍で聞いているだけでもつらかった。

「ごめんなさい……バスガイド失格だわ」

恭子が消え入りそうな声でつぶやいた。

「そんな、謝らないでください……」

叱責しておきながら、亜衣の瞳には涙が滲んでいる。きっと複雑な想いがあるのだろう。浩介には、なんとなく彼女の気持ちがわかるような気がした。

「恭子先輩のこと、大好きだったのに……」

ひとり言のようにつぶやくと、亜衣は躊躇することなく恭子の腰にまたがった。

自然とタイトスカートがずりあがり、ストッキングに包まれた太腿が剝きだしになる。今にもパンティが見えそうになっていた。

「ちょ、ちょっと?」

「わたし、見ちゃったんです。昨日の夜も、ツアー中なのに別の人としてましたよね」

「ど、どうして……まさか、亜衣ちゃんも？」

恭子の顔に驚きの色がひろがっていく。その直後、亜衣の手によって、ブラウスの前が大きくひろげられた。

大きな乳房が再び剝きだしになり、恭子の唇から「あっ」という小さな声が溢れだす。浩介は思わず身を乗りだし、先ほどまで好き放題に舐めしゃぶっていた双乳を凝視した。

「国仲さんと見たんです。恭子さんが露天風呂でエッチしてるところ」

「やっぱり、いっしょにいたのね」

言い逃れできないと観念したらしく、恭子がそっと顔を背ける。すると、亜衣の手が乳房の下側にそっとあてがわれた。

「あっ……な、なにをするの？」

「このおっぱいが揉まれてるのを見てたんです」

下からゆったりとした手つきで双つの乳房を揉みあげる。細い指を柔肉にめりこませて、まるで肉の感触を味わうように捏ねまわしていた。

「あンンっ、やめて……」

「すごく柔らかいです」

「ねえ、亜衣ちゃん……ンンっ」

恭子は戸惑いの声を漏らすが、強く抗えずにいる。

自分を慕う後輩を悲しませたという思いが、抵抗力を奪っているのだろう。白手袋をはめた両手を後輩の手首に添えているのに、無理に引き剝がそうとはしない。ただ憂いを帯びた表情で、何度も謝罪の言葉を繰り返していた。

「わたしが悪かったわ、許して……」

「謝ればすむと思ってるんですか？」

亜衣は下唇を小さく嚙みしめて、乳房をねちっこく揉みつづける。そうしながら、指先を少しずつ膨らみの頂点へと移動させていた。

「ダ、ダメ、そこは……はンンっ」

乳首を摘みあげられた途端、恭子の唇から艶めかしい喘ぎ声が溢れだす。反射的に身体を揺することで、大きな乳房がフルフルと波打った。

「ちょっと触っただけなのに、すごい反応ですね」

恥じらう先輩の顔を覗きこみ、左右の乳首を指先で転がしている。女性ならではのやさしい手つきで、敏感な突起に甘い刺激を送りこんでいた。

「やっ……ンンっ」

「どうして、こんなに硬くなってるんですか？」

「そ、それは……」

「国仲さんに無理やり舐められたから？　でも、感じちゃったんですよね？」

亜衣の目つきが徐々に妖しくなってくる。充血して盛りあがった乳輪を、人差し指でそっとなぞっては、ときおり尖り勃った乳首を摘みあげた。

「ああっ……もう、やめて」

何度も触れられているうちに、乳房全体が張り詰めていく。乳首のピンク色が濃くなり、見るからに硬く締まっていた。

（なんだ？　なにがはじまったんだ？）

浩介は思わず腹の底で唸った。

二人の美人バスガイドが絡む姿は、あまりにも淫靡すぎる。ボクサーブリーフの内側は、カウパー汁にまみれてひどい状態になっていた。とにかく、圧倒されて声をかけることもできない。ただ呆気にとられて、二人の様子を眺めていた。

「もう許して……お願いだから」

恭子が掠れた声で告げるが、亜衣は許す気配など微塵もなかった。

「なに言ってるんですか。これはお仕置きなんですよ」

「お、お仕置きって……」

「恭子先輩はわたしを裏切ったんです。お仕置きされるのは当然でしょう？」

亜衣は乳房をねちっこく揉みしだき、硬く尖り勃った乳首を人差し指で転がしている。そうしながら、青い情念の炎が揺らめく瞳で、じっとりと見おろしていた。それなのに、女体を嬲る手つきは妙にやさしかった。

「ご、ごめんなさい……亜衣ちゃんをがっかりさせてしまって……ンンっ」

恭子が息を乱しながら謝罪する。ところが、亜衣は愛撫の手を休めず、馬乗りになった状態で乳房に顔を近づけていく。

「本当に悪いと思ってるなら、お仕置きを受けてください」

さくらんぼのような唇で、大きな乳房にキスをする。先端は避けて、谷間の白い柔肌にそっと押し当てた。

「ンっ……」

「あンっ……あ、亜衣ちゃん？」

同性からのソフトな口づけに戸惑っているらしい。恭子が小さく首を振るが、亜衣は乳房についばむようなキスを繰り返す。

「あっ……な、なにをするの？」

「だからお仕置きです。気持ちいいお仕置きですよ」

後輩バスガイドの愛らしい顔に、妖艶な笑みがひろがった。昨夜、浩介にも見せた、普段の大人しい姿からは想像がつかない、嗜虐的で淫靡な表情だ。

双乳をゆったりと揉み、柔肌にキスの雨を降らせては舌を這わせる。上目遣いに先輩の表情を見つめて、舌先で乳房の表面をくすぐり、徐々に膨らみの頂点へと滑らせていく。

「ンンっ、待って……お願い、こんなこと……」

乳輪の周囲をピンクの舌が這いまわる。恭子は切なげに訴えて、亜衣の肩に手を添えた。ところが、罪悪感があるのか押し返そうとはしない。気がすむまで好きにさせるつもりかもしれなかった。

「先輩の胸、すごく綺麗ですね」

あくまでも乳輪のまわりだけを舐めつづける。両手では柔肉を揉みしだき、女ならではのスローテンポな愛撫を加えていた。

「そろそろ気持ちよくなってきたんじゃないですか？」

焦らすような舌使いで責められて、恭子の息遣いがどんどん荒くなる。快感が蓄積されているのか、時間が経つにつれて顔が赤くなっていった。

「はぁっ……ね、ねえ……」

「もう降参ですか？　でも、まだまだこれからですよ」

亜衣は囁くように告げると、乳首をペロリと舐めあげた。

「ああっ……」

恭子の唇から艶めかしい声が溢れだす。甘美な刺激が走り抜けたのか、慌てた様子で口もとを両手で塞ぐ。それでも、乳首に吸いつかれてチュウチュウ吸われると、たまらなそうに上半身を揺すりはじめた。

「乳首が感じるんですか？　じゃあ、もっとしてあげます」

「あっ、ダメ、ああっ」

「口では嫌がっても、乳首はこんなに硬くなってますよ」

強く吸いあげたと思ったら舌先で小突いたりと、常に変化をもたせてひとつの刺激に慣れさせない。亜衣は双つの乳房を交互にしゃぶり、多彩な責めで先輩を翻弄しつづけた。

「そんなにされたら……ンンンっ」

口を手で抑えているが、くぐもった喘ぎ声が漏れている。乳首は唾液で濡れ光り、柔肌はしっとりと汗ばんでいた。

「ふふっ……たまらなそうな顔しちゃって、もっと苛めたくなっちゃう」

亜衣は身体を起こすと、恭子のタイトスカートを素早くおろして、ストッキングにも手をかける。そして、パンティといっしょに一気に奪い去った。

「ああっ、そんな……」

抗議の声をあげるが、この異常な状況のなか、恭子はどうすることもできず、下半身を裸に剝かれて弱り切っている。ブラウスがはだけてブラジャーもずりあがっている。手袋と制帽、首に巻かれたままのリボンが逆に虚しかった。

「隠さないでください。これはお仕置きなんですから」

亜衣も自分で制服を脱ぎ、ブラジャーとパンティも取ってしまう。これで身に着けているのは、首もとのリボンと制帽だけになった。

大きな乳房は張りがあり、充血している乳首はツンと上向きだ。秘毛がうっすらとしか生えていない恥丘は、ささやかに盛りあがっていた。

「亜衣ちゃん……なにを、してるの？」

「先輩と楽しもうと思って」

愛らしい顔にサディスティックな笑みが浮かぶ。亜衣は座席の背もたれに顔を埋めた恭子を仰向けにすると、顔をまたいで逆向きに覆い被さった。

（こ……これは！）

呆然と眺めていた浩介は、思わず両目を見開いた。

女同士のシックスナインだ。どうやら、亜衣は憧れの先輩を相互愛撫で責めたてるつもりらしい。これほど淫靡な光景があるだろうか。二人とも制帽を被ったままなのが、なおのこと倒錯的なエロスを煽りたてていた。

たまらずボクサーブリーフを脱ぎ捨てて、カウパー汁にまみれた男根を剥きだしにする。肉竿を握り締めると、猛烈にしごきはじめた。

「こんなのって……」

「誤解しないでくださいね。わたし、女の人が好きなわけじゃないんです。先輩だから……したくなったんです」

大胆なようだが、亜衣も恥ずかしいのかもしれない。言いわけのように小声で告げると、先輩バスガイドの股間に顔を埋めていった。

「はあっ」

途端に蕩けるような声が響き渡る。淫裂にしゃぶりつかれて、恭子の腰がぶるぶると震えていた。

「すごく濡れてます、先輩のここ」

「そ、そんな、女同士でなんて、いやっ……」

「亜衣の舌で気持ちよくなってください」

猫がミルクを舐めるような、ピチャピチャという音が聞こえてくる。

溢れる愛蜜を舌先で掬っては飲みくだしているのだろう。あるいは、とろみのある汁をクリトリスに塗りたくっているのかもしれない。恭子は顔を真っ赤にして、亜衣の太腿にしがみついた。

「あっ、ダメ、はンンっ」

「プクッて膨らんできました。ここが気持ちいいんですね？」

「ああンっ、そこはいやよ、あうンっ、ね、ねえ、お願いだから……」

どんなに懇願しても無視される。後輩に愛撫されて感じるのは、いったいどんな気持ちだろう。恭子は股間を舐められながら、首を弱々しく振っている。彼女の瞳に滲む涙は、屈辱のためなのか、それとも快楽が大きすぎるためなのか……。

「ああっ、ま、待って、亜衣ちゃん、もうやめてぇっ」

「わたしのことも気持ちよくしてください。イカせてくれたら、すぐにやめてあげますよ」

亜衣が淫裂をねぶりながら尻を振って命じると、恭子は悲しげに睫毛を伏せて顔を背けた。

「そ、そんなこと、できないわ……」

消え入りそうな声でぽつりとつぶやく。ところが、華蜜をジュルルッと啜りあげられると、我慢できないとばかりに腰を跳ねあげた。

「あううッ、い、いやぁっ」

「先輩のお汁、甘くてすごく美味しいです」

「そんなに吸ったら……はあああッ」

恭子は太腿で後輩の頭を挟みこみ、よがり泣きを振りまいている。こみあげる快感に流されているのは明らかだ。繊細な舌使いで熟れた女体を弄ばれて、確実に官能の階段を昇らされていた。

「も、もう……あああッ、もう本当に許してっ」

「これくらいで弱音を吐くなんて、先輩らしくないですよ」

亜衣は内腿まで舐めまわすと、再び膣口に唇を密着させる。またしても湿った音が聞こえて、恭子の反応が激しくなった。

「あッ……ああッ……な、なかは、はああッ」

どうやら、蜜壺に舌を挿入されたらしい。亜衣が頭を振っているので、リズミカルに出し入れされているのだろう。声が上擦り、今にも昇りつめてしまいそうだ。

「ゆ、許して、本当に……あああッ、ダメになっちゃうから」

「そんなこと言って、いい声が出てきましたよ。やめてほしかったら、早くわたしのことも舐めてください」

股間に顔を埋めたまま、亜衣がくぐもった声で命じる。すると、恭子は逡巡しながらも頭を持ちあげた。

「亜衣ちゃんがこんなに意地悪だったなんて……ううっ」

後輩バスガイドの尻たぶを抱えこみ、震える唇を淫裂にそっと押し当てる。すでに溢れている華蜜がクチュッと鳴り、瑞々しいヒップがぶるるっと痙攣した。

「はああッ、せ、先輩っ」

ようやく待ち望んだ刺激を与えられて、声を抑えきれなかったらしい。亜衣の唇から歓喜のよがり泣きが迸る。お返しとばかりに陰唇にむしゃぶりつき、舌を深く差し入れていった。

「あああッ、ダメっ、もうダメっ……はむンンっ」

恭子も喘ぎながら、同じように尖らせた舌を蜜壺に挿入する。首を振りたてて舌をピストンさせると、亜衣の喘ぎ声がよりいっそう大きくなった。

「あううッ、恭子先輩の舌が……あッ……あッ……い、いいっ」

憧れの先輩に舐められて感激しているのか、瞬く間に声を上擦らせていく。腰をくねくねとよじり、今にも昇り詰めそうな勢いだ。長々と責められている恭子も昂ぶっており、腰をたまらなそうにしゃくりあげていた。

「あ、亜衣ちゃん……あああぁッ」

「ああンっ、先輩、すごく気持ちいいですっ」

二人のバスガイドの喘ぎ声が混ざり合う。女同士のシックスナインが加速して、ついにアクメの高波が押し寄せてきた。

「も、もうダメっ、許して、おかしくなっちゃうっ」

「いっしょに、あああッ、亜衣といっしょにイッてくださいっ」

互いに相手の下半身にしがみつき、夢中になって快楽を送りこむ。与える快感が大きければ大きいほど、強い快感が返ってくる。性器を貪るように舐め合いながら、腰をぶるるっ、ぶるるっと震わせた。

「あああッ、感じるっ、もうダメっ、イクっ、イクイクっ、ああああああッ！」

恭子がブリッジするように身体を仰け反らせながら昇りつめる。その直後、亜衣も瑞々しい肌を朱に染めあげてよがり泣いた。

「ひああッ、わたしもイッちゃいますっ、あああッ、イックううううッ！」

二人のバスガイドが、汗だくになって次々とアクメに達していく。とても現実とは思えない淫らがましい光景だった。

4

二人の生々しい息遣いがバスのなかに響いている。

恭子と亜衣はシックスナインの体勢で重なったまま、激しく呼吸を乱していた。絶頂の余韻のなかを漂っているのだろう。二人とも目を閉じて、言葉を発する余裕もないようだった。

バスのフロントガラスから差しこむ日の光が、すでに傾きかけている。そろそろ事務所に戻らないと不審に思われてしまう。わかってはいるが、今は三人とも戻れる状態ではなかった。

「ううっ……」

浩介は凄まじいまでのシックスナインを目の当たりにして、ペニスを激しくしごきたてていた。

（な、なんなんだ、これは……）

異様なまでの興奮が全身を駆け巡っている。男根は青筋を浮かべて硬直し、先端から透明な汁を大量に滴らせていた。一刻も早く射精したい。しかし、オナニーで果てるのは違う気がした。

「お、俺は……やっぱり、恭子さんのことが……」

浩介の目には恭子しか映っていない。反り返った勃起を揺らしながら、ふらふらと歩み寄った。

ぐったりしている亜衣を無理やり起こして、後部座席の隅に座らせる。そして、仰向けになって朦朧としている恭子に覆い被さった。

「こ……浩介くん？」

激しいアクメの直後で、彼女の瞳は膜がかかったようになっている。状況を把握できていないのか、ぼんやりと浩介の顔を見あげてきた。

「恭子さんっ！」

もう我慢できなかった。正常位の体勢で亀頭を割れ目に押し当てる。亜衣に散々舐めしゃぶられたことで、陰唇は蕩けるほど潤んでいた。

「恭子さんのここ、めちゃくちゃ濡れてますよ……」

軽く体重をかけただけでヌルッと沈みこみ、一気に根元まで嵌りこんだ。

「あっ、待って、あああっ！」

「おおっ、吸いこまれる……おおおっ」

限界まで膨張したペニスが、潤んだ媚肉に包まれた。

まるでゼリーのように柔らかいのに、締めつける力は強烈だ。先走り液が絞りださされて、危うくザーメンまで放出しそうになる。慌てて下腹部に力をこめると、ぎりぎりのところで射精感をやり過ごした。

「くぅっ、すごい締まりだ」

「そ、そんな……やめて……」

挿入の衝撃で我に返ったらしい。恭子が濡れた瞳で訴えてくる。

「お願い……休みたいの」

「でも、俺、もう我慢できません」

根元まで挿入した状態で、乳房に手を伸ばす。双つの膨らみを揉みしだき、先ほど亜衣に責め抜かれていた乳首をキュッと摘みあげた。

「あううッ、し、痺れちゃう」

恭子は白手袋をはめた手で、浩介の手首を摑んでくる。全身を感電したように震わせて、男根をさらに強く締めつけてきた。

「はンンっ、ダ、ダメぇっ」

「くおっ、すごいっ」

膣襞がいっせいに蠢き、肉胴をさらに奥へと引きこもうとする。まるで無数のナメクジが這うような感覚が湧き起こり、なんとか抑えこんだ射精感が早くも盛りあがってきた。

もうこれ以上は我慢できない。乳房を揉みながら腰を振りはじめる。最初は意識してゆっくり動かして、男根と媚肉を馴染ませていく。

「あっ、待って……あンンっ、動かないで」

「どうしてですか？　恭子さんだって気持ちいいでしょ？」

「でも……でも、イッたばかりだから……」

恥じらう表情に惹きつけられる。急に意地悪したくなり、抜け落ちる寸前まで後退させた男根を、再び一気に根元まで叩きこんだ。

「はああッ……や、やめて、感じすぎちゃうから」

そんなことを言われてやめられるはずがない。浩介はますます興奮して、腰の動きを速めていく。乳首を指先で転がしながら、限界まで膨張したペニスを力強く抜き差しした。

「あああッ、ま、待って、お願い」

恭子の戸惑う声が、浩介のなかに眠っていた嗜虐欲に火をつける。内臓まで突き破る勢いで、男根を思いきり叩きこんだ。

「はううッ、ダメっ、あああッ」

「もっと感じさせてあげますよ」

「あッ、いや……あッ……あッ」

「恭子さんのなか、すごく締まってきました……くううッ」

簡単に射精してしまったらもったいない。この快楽をできるだけ長く持続させたかった。

「ま、まだまだ……ぬおおおッ」

浩介は奥歯を食い縛り、下腹部に力をこめて腰を振る。なんとかして、彼女に激しいアクメを味わわせたい。亜衣がしたのと同じように、いやそれ以上に恭子のことを思いきりよがり泣かせたかった。

ところが、浩介の射精欲はかなり危険なところまで高まっている。ひと突きするごとに、睾丸のなかのザーメンが早く外に出たいと暴れまわった。

「ああッ、浩介くん、もう許して」

恭子も確実に感じている。しかし、彼女が昇り詰めるよりも先に暴発してしまいそうだ。ペニスがヒクついて、カウパー汁の濃度がどんどん濃くなっていた。

（ヤ、ヤバい……も、もう……）

いよいよ限界を感じたとき、ぐったりしていた亜衣が立ちあがった。

「わたしも混ざっていいですか？」

「あ、亜衣ちゃん……くおおッ」

もうまともに言葉を交わす余裕はない。そんな浩介に笑みを送ってくると、亜衣は座席に横たわっている恭子の隣にひざまずいた。

「恭子先輩、もっと気持ちよくしてあげますね」

いきなり乳首にむしゃぶりつき、もう片方の乳房を揉みしだく。巧みに刺激を与えることで、恭子の反応がいっそうよくなった。

「ああッ、ダ、ダメっ、亜衣ちゃん、やめてぇっ」

腰が淫らがましく跳ねあがり、喘ぎ声も大きくなる。確実に性感を蕩かせて、首を左右に振りはじめた。

「二人がかりで責められるのってどうですか？」

亜衣は言葉でも責めながら、乳首を舐めまわしては甘噛みする。そうやって追い詰めることで興奮するのか、しきりに内腿を擦り合わせていた。

「あッ、いやっ、また、またおかしくなる……あああッ、おかしくなっちゃうっ」

恭子が絶叫にも似たよがり泣きを迸らせる。締まりも格段によくなり、浩介は奥歯を食い縛って耐えつづけた。

「おおッ……ぬおおおッ」

全力で腰を叩きつけて、憧れの人を追いこんでいく。亜衣の力を借りているとはいえ、己のペニスで感じさせているのは間違いない。自信を持って穿ちこみ、膣の奥を叩きまくった。

「す、すごいっ、あああッ、すごい感じるっ」

「恭子さんっ、ぬうううッ、で、出る出るっ、うおおおおおッ！」

たまらずザーメンをぶちまける。熱く潤んだ膣奥で、驚くほど大量のザーメンをドクドクッと放出した。

「ひああッ、い、いいいっ、あああッ、イクっ、またイクっ、イクイクううううッ！」

浩介が中出しすると同時に、恭子もオルガスムスへと駆けあがる。座席の上で大きく仰け反り、あられもない嬌声を響かせた。

恭子は乳首をしゃぶっている亜衣の頭を抱きかかえつつ、膣に埋めこまれている男根を思いきり締めあげる。二人がかりで責められての絶頂だ。彼女は乳房を揺すりながら腰を振り、全身全霊でエクスタシーを享受していた。

（やっぱり……恭子さんは……）

浩介はしつこく腰を振り、最後の一滴まで注ぎこんだ。

やはり恭子は最高の女性だった。これからの人生で、彼女を超える女性に出会えるとは思えなかった。

第五章　縛りつけての契り

1

浩介は仕事を終えて、ひとり夕暮れの街を歩いていた。

黒いポロシャツにチノパンというラフだけれど小綺麗な格好だ。以前より通勤の服装に気を遣うようになっていた。

(どうして、あんなことしちゃったんだろう……)

気づくと胸底でつぶやき、無意識のうちに自分を責めてしまう。

あの日はどうかしていたとしか思えない。すべて鮮明に覚えている。しかし、自分で自分の行動が理解できなかった。

バスのなかで激しく交わってから五日が過ぎていた。

憧れの女性に近づくことができて、舞いあがっていたのかもしれない。一度関係を持ったことで、振り向いてもらえるような気がしていた。今にして思えば勘違いも甚だしいが、いつか付き合えると信じて疑わなかった。

あの日、バスのなかで二人きりになり、思いきって再度告白した。ところが、断られて頭のなかが真っ白になった。前日の夜、露天風呂で恭子が久志と交わる姿を見ていただけに、強烈な敗北感に打ちのめされた。それと同時に悔しさがこみあげて、熱い想いを抑えられなくなった。

屈辱と嫉妬に突き動かされて彼女を押し倒した。

そこに亜衣が現れたことで、話がますますややこしくなった。淫らすぎるレズプレイを見せつけられて、理性が完全に吹き飛んだ。これまでにないほど昂ぶり、最終的に二人がかりで恭子を責めたててしまった。

異様なほど興奮して、獣のように腰を振りつづけた。すべてが終わった後も、三人はしばらく呆然としたまま動かなかった。恭子は仰向けで放心しており、亜衣は身体を起こして腰掛けた状態でぼんやりしていた。

浩介も身動きできずに横たわったままだった。言葉を交わす勇気がなくて目を閉じていた。そして、その間に恭子と亜衣は制服の乱れを直して事務所に戻っていった。

これから恭子とどんな顔で会えばいいのだろう。あのときは、そんなことを真剣に考えていたが無駄な心配だった。

翌日から恭子は会社をずっと休んでいる。

体調を崩したというのが理由だが、タイミング的にも三人での行為が関係しているのは間違いないだろう。

亜衣はあの日を境に情熱を失ったらしい。恭子のことを尋ねても、「わたしは知りません」と素っ気なく言うだけだ。

一度濃密な関係を持ったことで満足したのか、それとも振り向いてもらえないとわかって見切りをつけたのか。いずれにせよ、もう無理やり恭子に近づくつもりはないようだった。

しかし、浩介はいまだに諦めることができずにいた。

なにも手につかないくらい恭子のことが気になっている。寝ても覚めても、彼女のことばかり考えていた。

（最低だ……あんなひどいことをしてしまった……）

今さら後悔しても遅いのはわかっている。それでも、直接恭子に会って、ひと言だけでも謝りたかった。

ところが今日、事務所で珍しく亜衣に声をかけられた。

「恭子先輩、このまま辞めるらしいですよ」

それは衝撃的な言葉だった。バスガイドだけが知っている情報を、彼女はわざわざ教えてくれたのだ。

「まだ噂ですから、わたしから聞いたこと内緒にしておいてくださいね」

亜衣はそれだけ言うと、浩介の前から立ち去った。

彼女なりに恭子のことを心配しているらしい。興味がない振りをしても、きっと心のなかでは辞めないでほしいと願っているのだろう。

浩介も同じ気持ちだった。

たとえ嫌われようとも、恭子が憧れの人であることに変わりはない。そして同時に、バスガイドを辞めないでほしいと強く願っていた。

悩んでいる暇はなかった。手をこまねいている間に、恭子は本当に辞表を出してしまうかもしれない。もしそうなったら謝罪する機会も失われてしまう。とにかく、自分から動くしかなかった。

（恭子さん……）

浩介はとあるマンションの前で足をとめた。

バックを彩るオレンジ色の夕日が、物悲しく感じられる。ゆったりと流れる生ぬるい風が、汗ばんだ肌を撫でていく。

目の前にそびえているのは、筆おろしをしてもらった思い出の場所——恭子が住んでいるマンションだ。

居ても立ってもいられず、ここまでやってきた。とはいえ、約束をしたわけでも、会ってもらえる確信があるわけでもない。一応携帯番号は知っていたが、何度かけても出てもらえなかった。

とりあえず、エントランスをうろついてみる。

オートロック式なので、自動ドアの向こう側に入ることはできない。彼女の部屋番号をパネルに入力すればインターフォンで会話ができる。ただし液晶画面に映しだされた浩介の顔を見て、彼女が拒絶しなければの話だが……。

（どうすれば会ってもらえるんだ……）

真正面から行っても、門前払いされるに決まっている。

とにかく会いたい。会って話がしたい。先日のことを謝罪して、バスガイドを辞めないでくれと説得したかった。

エントランスで延々悩んでいると、自動ドアが開いてなかからスーツ姿の男が出てきた。

「あっ……」

なにげなく顔を見た途端、浩介は思わず小さな声をあげて固まった。

久志に間違いない。恭子とセックスする姿を二度も目撃している。あの胸を抉られるような嫉妬と屈辱は、一生忘れられないだろう。またしても、重苦しい敗北感がこみあげてくる。

(どうして、こいつが恭子さんのマンションにいるんだ)

反射的に憎しみをこめた目でにらみつけた。

すると、視線に気づいたのか、久志が足をとめて顔をこちらに向ける。なにやら深刻な表情で、ひどく落ちこんでいるように見えた。

「ん？　キミは確か……」

尋常ではない雰囲気を感じたのだろう。一瞬眉間(みけん)に皺(しわ)を寄せるが、すぐになにかを思いだしたらしく表情をほころばせた。

「そうだ、恭子ちゃんと同じ会社の運転手さんだったね」

草津温泉ツアーで会ったことを覚えていたようだ。久志はまるで古い友人と再会したように、柔らかい笑みを浮かべながら歩み寄ってきた。

「この間はお世話になりました」

「はあ……ど、どうも」

爽やかに声をかけられて、浩介はどう返せばいいのかわからない。戸惑った表情のまま、とりあえず曖昧に会釈した。

「……いやぁ、まいった」

久志は右手を自分の後頭部にあてがうと、髪の毛を掻きむしる。そして、どこかさばさばした表情でつぶやいた。

「俺はダメだったよ」

「はい？」

「見事に振られた。玉砕ってやつさ」

「……え？」

自分の耳を疑った。

久志の様子から察するに、たった今、振られてきたらしい。てっきり恭子は、久志を選んだものとばかり思っていた。

「恭子ちゃんだよ。狙ってるんだろう？」

ストレートに言われて、思わず言葉に詰まってしまう。ほとんど話していないのに、どうしてそんなことがわかるのだろうか。

「あっ、ごめんごめん。急になれなれしかったね」

久志は自嘲的な苦笑いを浮かべた。

「い、いえ、別に……」

図星だったが言葉を濁す。気勢を削がれたというか、想像とはずいぶん雰囲気が異なっていた。

「なんだか他人の気がしなくてさ。運転手さんのことが」

「それって……どういう……」

「なんとなくわかるよ。同じ女性を好きになったんだからさ。キミだってわかってただろう？　俺が恭子ちゃんに惚れてること」

「ま、まあ……」

確かに最初から、久志が恭子を狙っているとわかった。それと同じように、久志は浩介の気持ちを見抜いていたということか。

「結構自信あったんだけどなぁ。ごめんなさいってはっきり言われたよ」

清々（すがすが）しさと落胆が入り混じったような複雑な表情だった。

「やっぱり堪（こた）えるね。今夜は深酒しそうだ」

おどけているが、相当ショックを受けているのだろう。

正直なところ浩介の胸中は複雑だった。久志が振られたからといって、自分が恭子と付き合えるわけではない。こういうとき、どういう態度を取ればいいのかわからなかった。

「キミのほうが、彼女を幸せにできるのかもしれないな」

久志はふいに真面目な顔でつぶやいた。そして、冗談とも本気ともつかない視線を向けてくる。

「もう気持ちは伝えたのかい？」

「俺も……ダメでした」

「でも、もう一度行くんだろ。恭子ちゃんのところに」

「……はい」

向こうが腹を割っているのだから、浩介も正直に頷いた。

勝手に嫌な奴だと思いこんでいたが、どうやらそうでもないらしい。どちらかというと、人のよさそうな男だった。

「じゃあ、ひとつだけ教えておくよ」

久志は周囲をサッと見まわすと、秘密だということを強調するように小声で囁いてきた。

「じつはさ、彼女、Mっ気があるんだよ」

「ど……どういうことですか？」

「だからさ、苛められるほうが好きなんだよ」

「い……苛められるのが？」

思わず聞き返してしまう。それと同時に、腹の底から異様な興奮が沸々と湧きあがってきた。

「普段の彼女からは信じられないかもしれないけど、恭子ちゃんはマゾなんだよ」

そう言われてみると、確かにその気があるかもしれない。

久志に無理やり抱かれるような場面で、激しく感じていたような気がする。亜衣にレズプレイで責められたときや、さらにその後、３Ｐで責められたときも、異常なシチュエーションだというのに恭子は乱れに乱れていた。

「でも、どうして俺にそんなことを？」

「恭子ちゃんに幸せになってほしいからさ」

完全に諦めているらしい。久志はアドバイスを送ると、あっさり背中を向けて軽く右手をあげた。

「じゃ、俺はこれで」

落ち着いた足取りでエントランスから出ていってしまう。二度と振り返ろうとはしなかった。

「あ……」

遠ざかっていく背中に声をかけようとするがやめておいた。

礼を言うのも違う気がするし、慰めの言葉など聞きたくもないだろう。

逆の立場だったとしたら、そっとしておいてほしい。なにもしないのが、浩介にできる唯一のことだった。

2

（とにかく、会わないことには……）

インターフォンのパネルの前の立つと、小さく息を吐きだした。

久志は浩介が告白しに来たと思いこんでいたが、訪問の目的は他にある。先日のことを謝罪して、バスガイドを辞めないように説得するつもりだった。

意を決して恭子の部屋番号をプッシュした。

今頃、彼女の部屋の液晶モニターに、緊張でこわばった浩介の顔が映しだされているだろう。先ほどまで久志がいたのだから在宅しているはずだ。無視だけはしないでほしい。どんな反応でもいいから声が聞きたかった。

（恭子さん、お願いします）

目をギュッと閉じて、心のなかで強く祈りつづけた。

エントランスを静寂が包みこんでいる。わずかな時間がやけに長く感じられた。

やはり駄目なのだろうか。冷静になって考えると、無理やり押し倒し、さらに３Ｐで責めたてた相手のことを許せるはずがない。彼女は液晶モニターに映った浩介の顔を、ただ見つめているだけなのかもしれなかった。

諦めかけてうなだれたとき、パネルのスピーカーから微かな音が聞こえてきた。

『……浩介くん』

恭子の声だ。少し低いが、紛れもなく憧れの女性の声だった。

ひどく久しぶりのような気がして、それだけで涙がこぼれそうになる。だが、今は泣いている場合ではなかった。

「く、国仲です。お久しぶりです。本日は謝罪にうかがいました」

インターフォンのパネルに向かって深々と頭をさげる。誠心誠意をこめたつもりだが、彼女の返事は淡々としていた。

『謝罪してもらうことはないわ』

このまま会話を打ち切りそうな雰囲気だ。浩介は慌てて言葉を継ぎ足した。

「や、辞めるって聞いたんですけど、本当ですか？」

スピーカーの向こうで息を呑む気配があった。

「どうしてですか？　俺のせいですか？　俺があんなことをしたから……だから、嫌になっちゃったんですか？　だったら、俺が……や、辞めます」

最後の方は声が震えていた。危うく涙がこぼれそうになり、慌てて奥歯をグッと噛み締めた。

しばらく沈黙がつづき、自動ドアがすっと開いた。恭子が解錠ボタンを押してくれたのだ。

『……入って』

「あ、ありがとうございます」

浩介はもう一度頭をさげると、マンション内に歩を進めた。

部屋に通されてソファに座ったが、頭のなかは真っ白だった。

極度の緊張で、なにから話せばいいのか整理がつかない。恭子が紅茶の準備をしている間、浩介は自分のつま先だけを見つめていた。勢いで来てしまったが、上手く話せる自信がなかった。

「お待たせしました」

しばらくして、恭子がキッチンから戻ってくる。

クリーム色のフレアスカートに、薄いピンク地に小花を散らした模様の半袖ブラウスを合わせていた。トレーを手にして、いつもどおりに微笑んでくれる。努めて冷静に振る舞っているようだった。

「どうぞ、ダージリンよ」

ガラステーブルにティーカップが置かれて、恭子がソファに腰をおろす。やけに距離が離れている。三人掛けのソファの端と端に座っているのが、今の二人の関係を表していた。

「あ、あの、俺……」

頬の筋肉を強ばらせながら、浩介はようやく口を開いた。

「すみませんでした」

とにかく謝るしかない。たとえ許してもらえなくても、反省していることだけはわかってもらいたかった。

「先日は、あんなことになって……本当に申し訳ございませんでした」

しゃべっているうちに感情が昂ぶり、声が震えてしまう。彼女と目を合わせる勇気がなく、うつむいたまま顔をあげることができなかった。

「俺は無視されてもいいです。それだけのことをしました。でも……でも、バスガイドを辞めるなんて言わないでください」

自分のせいで、ひとりの素晴らしいバスガイドが消えてしまう。それだけは、なんとしても避けたかった。

「そのことを言うために、わざわざ来てくれたの？」

「はい……どうしても、バスガイドをつづけてもらいたくて」

「顔をあげてくれる？　お話ができないわ」

やんわりとした言葉でうながされて、恐るおそる顔をあげる。恭子は微笑を湛えた柔らかい表情で見つめていた。

「浩介くんが責任を感じることはないのよ」

いつもどおりのやさしい言葉に、思わず胸の奥が熱くなった。

「謝らなければならないのは、わたしのほうだわ」

恭子はそこでいったん瞳を閉じると、気持ちを落ち着けるように小さく息を吐きだした。

「わたし……浩介くんにひどいことしたのに」

「ひどいこと？」

意味がわからずに聞き返す。彼女に筆おろしをしてもらったのに、恩を仇で返すような真似をしたのは自分だった。

「自分で誘っておきながら振るなんて、最低よね」

「あれは、俺のことを慰めるために……」

初体験は心に残る最高の思い出となっている。謝られるようなことは、ひとつもない。夢のような時間を与えられて本当に感謝していた。

「落ちこんでた俺を、元気づけてくれたじゃないですか」

「表向きはそうかもしれないけれど……結局、自分がしたかっただけなのかもしれない」

「そんなこと……」

「浩介くんを慰めるというのは建て前で、淋しい自分を慰めたかっただけなのよ。やさしい振りをしていただけで、本当は自分のためだったの……」

もしかしたら、ずっと悩んでいたのかもしれない。恭子は抱えこんでいたものをすべて吐きだしたのか、瞳を潤ませて黙りこんだ。

「でも、それは……仕方のないことだと思います」

浩介は少し迷いながらも切り出した。

昔のことは思いだしたくないかもしれない。しかし、今はあえてこの話題に触れるべきだろう。

「旦那さんを亡くし、ずっとおひとりだったんですよね。淋しいのは当然です。それに俺は恭子さんに誘われて光栄だと思っています」

「……やさしいのね」

彼女の声は震えていた。泣き笑いのような表情を浮かべて、潤んだ瞳でまっすぐに見つめていた。

「実家に帰るつもりなの」

「そんな……」

「このマンションには、あの人の思い出が染みこみすぎてるわ」

穏やかな口調だが、強い意志が感じられる。

恭子は会社を辞めて、実家に帰るという。バスガイドをつづけていたら、いつまでもバスの運転手だった夫のことを忘れられない。だからマンションも売り払い、生活のすべてをリセットするつもりなのだろう。

夫を亡くしてからの二年間、さぞ辛い思いで過ごしてきたに違いない。

心中を察すると、これまでの彼女の行動、それにこれからの選択も充分に理解できる。

「辞めないでください。どうしても、辞めてほしくないんです」

それらを踏まえたうえで、それでも浩介は頭をさげた。

「浩介くん……」

「じつは、俺……ずっと前に恭子さんに会ってるんです」

彼女を踏みとどまらせるためだった。胸の奥に大切にしまっていた思い出を初めて言葉にした。

高校の社会科見学のときのバスガイドが恭子だったこと。具合が悪くなった浩介をやさしく介抱してくれたこと。そして、恭子との出会いがきっかけで、幼い頃の夢だったバスの運転手を真剣に目指したこと。

「だから、俺がバスの運転手になれたのは……夢を叶えられたのは、恭子さんのおかげなんです」

気づくと熱弁していた。

浩介の人生に多大な影響を与えているのだから、これほどまでに熱くなるのは当然のことだった。

「恭子さんは覚えていなくても、俺みたいに影響を受けてる人がたくさんいると思います。いや、必ずいるはずです」

「そんなことがあったの……」

恭子は感慨深げに浩介の顔を見つめてくる。

どうやら記憶の糸を辿っているらしい。もう六年も経っているし、車酔いした乗客を介抱するのは、彼女にとって珍しいことではないだろう。忘れているのは当たり前なのだが、思いだそうとしてくれるだけでも嬉しかった。

「あのときから、ずっと恭子さんに憧れてました」

「わたしなんて、そんな……」

「いえ、これだけは言わせてください」

謙遜（けんそん）する彼女の言葉を遮り、まっすぐに瞳を覗きこんだ。

「恭子さんは日本一のバスガイドです」

自信を持って断言した。

これから先も、恭子以上のバスガイドに出会えるとは思えない。それほどまでにバスガイドをしている彼女は素晴らしかった。

「わたしが、日本一の……」

恭子はいったん言葉を切って黙りこむ。心を動かされているらしく、複雑そうな表情を見せていた。

「ありがとう。そう言ってもらえると嬉しいわ」

「じゃあ……」

「でも、やっぱりこの街には思い出が多すぎる。新しい生活をはじめたいの」

「そんな……」

「ごめんなさい、もう決めてしまったの」

彼女の決意は変わらなかった。

申し訳なさそうな瞳で見つめられると、余計に淋しくなってしまう。浩介はこみあげそうになる涙を懸命にこらえていた。情熱を持って説得に当たったが、彼女を翻意させることはできなかった。

残念だが、もう諦めるしかなかった。

「急に押しかけてしまって、すみませんでした」

用事はすんだのだから、長居するべきではない。これ以上いたら彼女の迷惑になる。

退出しようとして、浩介がソファから立ちあがると、恭子がすっと隣に移動してきた。そして、ごく自然に手を握ってくる。

「あ……」

柔らかい手のひらを重ねて指をしっかり絡めると、浩介を再びソファに座らせた。

「そんなに急がなくてもいいでしょう？」

「ど、どうしたんですか？」

言った直後につまらないことを訊いたと思ったが、彼女はにっこり微笑みかけてくれる。そっと寄り添ってきて、肩と肩が触れ合った。

「最後に思い出が欲しいわ」

囁くような声が胸の奥に染み渡ってくる。

言葉の真意を確かめたくて見やると、恭子は恥ずかしそうにしながらも熱い眼差しを送ってきた。

「お、思い出って……んんっ」

いきなり唇を奪われて、浩介の声は途中で遮られる。彼女の柔らかい唇が触れているだけで、心が蕩けていくような気がした。

「ンふぅっ……浩介くん」

舌先で唇を舐められて半開きにする。途端に舌が入りこんで、口内をやさしくねぶられた。舌を絡め取られたと思ったら唾液を啜られる。さらには、ぽってりと肉厚の唇で、下唇をやさしく挟みこまれた。

「最後に、いいでしょ？」

首に両腕をまわして、潤んだ瞳で見つめてくる。吐息がかかる距離で懇願してきたと思ったら、今度は抱きつかれて耳に舌を這わされた。

「そ、それ……くううっ」

「お願い、思い出が欲しいの」

耳たぶを甘嚙みしながら、舌をヌルリと挿入される。恭子からこんなことをされて拒絶できるはずがない。浩介は思わず彼女の腰に手を伸ばし、無意識のうちに強く抱き寄せていた。

「きょ、恭子さん……ううっ」

「その気になってくれた？」

反対側の耳にも舌を這わされて、熱い吐息を吹きこまれる。ゾクゾクするような快楽がひろがり、期待感が膨らんでいく。舌を出し入れされると、浩介は反射的に肩をすくめて何度も頷いた。

「じゃあ、こっちに来て」

恭子はソファから立ちあがり、笑みを浮かべて手を握ってくる。浩介は戸惑いを隠せないまま、隣の部屋へと案内された。

3

「いいんですか？」

ダブルベッドに腰掛けた浩介は、黙っていられずに問いかけた。

八畳ほどの洋室で、窓には遮光カーテンが引かれている。部屋の真ん中にはダブルベッドがあり、サイドテーブルに置かれたスタンドの淡い明かりが、ぼんやりと周辺を照らしていた。

ここはどう見ても夫婦の寝室だ。きっと旦那との思い出が詰まっている場所だろう。いくら彼女がいいと言っても、さすがに気が引けてしまう。

「この部屋で抱いてもらいたいの……」

恭子は隣に腰をおろすと、憂いを帯びた瞳で見つめてくる。

――新しい生活をはじめたいの。

先ほど彼女はそう言っていた。あえて寝室で旦那以外の男に抱かれることで、すべての記憶を過去のものにするつもりなのかもしれない。

（そういうことなら……）

遠慮する必要はないだろう。浩介は彼女の肩に手をまわし、そっと抱き寄せながら唇を奪った。

「ンぅっ……」

すかさず舌を挿入すると、微かに鼻を鳴らして睫毛を伏せる。舌といっしょに唾液を啜り、ブラウスの上から乳房を揉みしだいた。

「はむっ……ンふぅっ」

興奮でつい力が入ってしまったが、彼女は悩ましい鼻声を漏らしている。痛がるどころか、たまらなそうに腰をくねらせていた。

そのとき、久志のアドバイスが脳裏によみがえった。

――彼女、Mっ気があるんだよ。

――苛められるほうが好きなんだよ。

どうせなら、思いきり感じさせたい。そのほうが彼女にとってもいいはずだ。夫との思い出を過去のものにするために、浩介のことを誘ったのだから……。

（ようし、こうなったら徹底的にやるぞ）

ディープキスを中断すると、ブラウスのボタンを外しはじめる。彼女は邪魔にならないように両手をおろして浩介に協力した。

あっさりブラウスを脱がすと、水色のブラジャーに包まれた乳房が露わになる。たっぷりの乳肉がカップから溢れそうになっていた。

スカートに手を伸ばしてみると、運のいいことにウエストをベルトで留めるタイプだった。すかさずベルトを引き抜き、スカートをおろしていく。部屋のなかなのでストッキングは穿いていない。これで下半身に身に着けているのは、水色のパンティだけになった。

「恭子さんの肌、スベスベしてます」

剝きだしの肩を撫でながら、背中へと滑らせる。ブラジャーのホックを外すと、乳房の弾力でカップが弾け飛んだ。

「あンっ……」

双乳がまろび出ると同時に、彼女の唇から小さな喘ぎ声が溢れだす。解放感で気が緩んだのか、それとも淫らな期待に声が漏れてしまったのか。いずれにせよ、もっと激しい声でよがり泣かせるつもりだった。

白い乳房とピンクの乳首が、スタンドの飴色の光のなかで揺れている。パンティのウエストに指をかけると、彼女は自分の意思で尻を持ちあげてくれた。浩介は無言でおろして、つま先から抜き取った。

これで恭子は一糸纏わぬ姿だ。

秘毛は濃く生い茂っており、ヒップはむっちりと肉づきがいい。熟れた女体は匂いたつようで、浩介の性感を猛烈に挑発してくる。ボクサーブリーフのなかではペニスが大きく反り返り、大量の先走り液を垂れ流していた。

「わたしだけなんて、恥ずかしいわ」

恭子が甘えるように見つめてくる。今さらながら胸と股間を手のひらで覆う仕草が、八歳も年上だけれど可愛らしかった。

浩介も慌てて服を脱ぎ捨てる。そして、チノパンをおろすときは、ベルトを抜き取ることを忘れなかった。

「まあ、すごいわ」

鎌首を振って飛びだしたペニスを見て、恭子が嬉しそうな声をあげる。すかさず手を伸ばしてくるが、浩介は彼女の手首をそっと掴んだ。

「待ってください」

ペニスに触れられたら、その瞬間にペースを奪われてしまう。今日は自分が主導権を握りたい。そのためには最初に流れを引き寄せるのが重要だった。

「どうしたの？」

不思議そうに見あげてくる恭子を、そっと仰向けに押し倒す。唇を重ねて舌を差し入れながら、唾液をトロトロと流しこんだ。

「ンっ……ンふっ」

恭子はうっとりと睫毛を伏せて、唾液を嚥下していく。その隙に先ほど準備しておいた二本のベルトを、彼女の左右の手首に巻きつけた。

亜衣に縛られたときのことが頭にある。

浩介にそういう願望はなかったが、激しく興奮したのは事実だ。マゾっ気がある恭子なら、きっと悦ぶに違いない。両腕を斜め上方にあげさせて、ベルトをそれぞれベッドの支柱にしっかりと固定した。

「な、なにするの？」

彼女が怯えた瞳を向けてくる。予告もなしに両手の自由を奪われたのだから、不安になるのは当然だ。

全裸で両腕を縛られているため、綺麗に処理された腋の下を晒している。たっぷりとした乳房も、秘毛がそよぐ股間も隠すことはできない。内腿をもじもじと擦り合わせる仕草に、嫌でも牡の本能が刺激された。

「心配しなくても大丈夫ですよ」

「大丈夫って言われても……」

「乱暴なことはしません。俺は恭子さんを悦ばせたいだけなんです」

浩介は彼女の隣で膝立ちになり、女体を見おろして生唾を呑みこんだ。

胸のうちには淡い期待がある。思いきり感じさせることができれば、なにかが変わるのではないか。旦那との思い出を綺麗さっぱり忘れさせて、恭子の気持ちを自分に向けられるのではないか。そんなことを秘かに考えていた。

まずは時間をかけた愛撫で、官能の炎を燃えあがらせるつもりだ。焦らしに焦らして、我慢できない状態になってから絶頂させる。そうすることで、きっと最高の快感を与えられるだろう。

「ねえ、浩介くん？」

「思いきり感じてもらいます」

抱きつきたいのをこらえて、女体に手を伸ばしていく。まずはくびれた腰に、両手の指先をそっと触れさせた。

「はンっ……ま、待って、このまま……するの？」

恭子が女体をヒクつかせながら尋ねてくる。身動きが取れない状態で不安が増幅しているのか、声が情けないほど震えていた。

「そうですよ。恭子さんのために縛ったんですから」

「怖いわ、普通に抱いて」

「俺を信用してください。傷つけるようなことは絶対にしませんから」

見事なS字ラインを描く脇腹を上下になぞった。

爪の先が触れるか触れないかのフェザータッチだ。ゆっくりと乳房の横まで撫であげては、呆れるほど時間をかけてヒップのあたりまでさがってくる。ほとんど触れていないにもかかわらず、恭子の反応は激しかった。

「ひンっ、ま、待って、はンンっ」

「せっかくの機会なんだから、思い出に残るようなことしましょうよ」

「ンンっ、やめ……ンンンっ」

恭子は戸惑いの表情を浮かべて、腰を右に左にくねらせる。そのたびに豊満な乳房がプリンのように揺れるが、彼女には気にしている余裕はないらしい。焦れるような愛撫から逃れようと、懸命に女体をよじらせていた。

いく。

「こういうのが感じるんですか?」

手を休めることなく問いかける。筆で掃くような繊細さで、じっくりとくすぐっていく。

「あンンっ、か、感じてなんて……」

「気持ちよくないんですか? おかしいなぁ」

惚けた声で言いながら、両手の指先で脇腹をなぞりつづける。

女体が小刻みに震えているのは感じている証拠だ。反応があるのなら、そう簡単にやめるつもりはなかった。

「ンぅっ……はンぅっ」

「少し息が乱れてきましたね」

淡々とした声を心がける。眉をたわめた恭子の顔を見おろし、時間をかけてじっくりと刺激を送りこむ。決して焦ることなく、単調だが確実な愛撫を飽きることなく繰り返した。

「あぅっ、いや……ンふぅっ」

「どうです。少しは感じてきましたか?」

身体のラインに沿って指を上下に動かすと、彼女は内腿を擦り合わせて吐息を漏らす。しだいに白い肌が汗ばみ、スタンドの明かりのなかでヌメ光りはじめる。まるで白蛇がくねるように妖艶で、どこか神々しく見えてきた。

「ンンっ……もう、やめて……」

彼女の掠れた声を無視して、左右の腰骨の上に指先を這わせる。滑らかな腰の曲線をスーッとなぞり、乳房の両サイドを素通りして腋の下に到達させた。

「あふっ、やっ……ンンっ」

手首を拘束(こうそく)しているベルトがギシッと鳴る。腋の下はとくに敏感らしく、女体が小さく跳ねあがった。

「ひンンッ！」

「すごい反応ですね。ここがいいんですか？」

無防備に晒された柔らかい皮膚を、好き放題にくすぐりまくる。表面をやさしくなぞり、指先を不規則に躍らせた。

「ああッ、くすぐったい、はああッ、いやあっ」

恭子は耐えられないとばかりに、腰を激しくよじりだす。赤く染めあげた顔を振りたくり、乳房をタプタプと波打たせた。

それでも浩介はやめるつもりはなかった。反応が強ければ強いほど、その箇所を徹底的に責めたてる。本当に彼女にマゾっ気があるなら感じるはずだ。だから、汗で湿りだした腋の下を、延々とくすぐりつづけた。

「ひあッ、そんなところばっかり、あああッ、もうやめてぇっ」

「感じるんですね？　こうされるのが好きなんですね？」

「ち、違うわ、くすぐったいだけ、はああッ」

息も絶えだえに喘ぎながら、それでも感じていることを認めようとしない。それならばと、指先を腋の下から乳房に向かって移動させた。

まずは両サイドから乳肉に這いあがり、柔肌の表面をなぞっていく。蕩けそうなほど柔らかいのに張りがある、奇跡のような乳房だ。思いきり揉みしだきたいのを我慢して、白い丘陵をじわじわと撫であげた。

「あっ……な、なに？」

「腋の下が感じないなら、今度はこっちを触ってあげますよ」

「はンっ……ンンっ」

あくまでもソフトなタッチで、乳房に指先を這いまわらせる。乳首を中心にして円を描くように愛撫すれば、すぐに恭子の唇から切なげな声が溢れだした。

「も、もういや……ンンっ、これを解いて」

両手を揺らして、ベルトを解くように懇願してくる。快感が高まっている証拠だろう。もちろん願いを聞き入れるはずもなく、スローペースの愛撫を継続した。

「動けないほうが気持ちよくなれるんじゃないですか？」

「ああンっ、そんな……もう……」

「もう、どうしたんです？」

乳輪の周囲を撫でまわしながら話しかける。彼女は耳まで赤くして、瞳をとろんと潤ませていた。

「はっ……あぁっ……はああっ」

くねり悶える女体が卑猥すぎる。乳首は触れてもいないのに尖り勃ち、恥ずかしいくらいに充血している。ピンク色を濃くして、懸命に媚を振りまいていた。

「乳首がピンピンになってますよ。もしかして、感じてるんですか？」

「やン、もうダメよ……」

恭子は吐息混じりにつぶやくと、瞳を閉じて顔を背けてしまう。いよいよ我慢できなくなってきたのかもしれない。横顔には切なさが滲んでおり、女体は指の動きに合わせてヒクついていた。

「どうして、息が荒くなってるんです？」

「そ、それは……浩介くんが悪戯するから」

拗ねるように言う恭子が愛らしかった。

「悪戯って、こういうことですか？」

乳輪の周囲を徘徊していた指先で、双つの乳首を同時にキュッと摘みあげる。途端に感電したかと思うほど、女体が激しくのけぞった。

「あううッ！　ダ、ダメぇっ」

これまでにない強烈な反応だ。焦らしに焦らしたので、それだけ快感が大きいのだろう。硬く尖り勃った乳首を指先で転がしてやれば、彼女は汗だくになって身をよじりたてた。

「ああッ、いやっ、あああッ」

「すごい声ですね。やっぱり感じてるんじゃないですか」

乳首を刺激すると、彼女は内腿を強く擦り合わせる。いよいよ性感が切迫しているのは明らかだった。

「い、いやよ、こんなの、はああッ」

恭子の喘ぎ声が寝室に響き渡る。もう平静を装うこともできず、汗まみれの裸体を艶めかしくうねらせていた。

（俺が恭子さんをこんなに乱れさせているんだ……）

浩介は強弱をつけて乳首を摘みながら、鼻息が荒くなるのをとめられなかった。

剝きだしのペニスは痛いくらいに膨張して、まるで壊れた蛇口のようにカウパー汁を滴らせている。早く恭子とひとつになりたくて仕方がない。それでも、精神力でぐっとこらえて、乳房から手を離した。

「もう……早く解いて……」

解放されると思ったのだろう。恭子は抗議するような声でつぶやいた。

しかし、これで終わったわけではない。浩介は彼女の膝を開かせて、脚の間に入りこんだ。

「ま、待って、いや、いやぁっ」

下肢をグイッと押し開くと、恭子は慌てて声をあげた。

もちろん、そんなことでやめるつもりはない。抵抗する脚をM字型に押さえつけて、紅色の割れ目を剝きだしにする。焦らし責めの甲斐があり、陰唇はたっぷりの華蜜にまみれて濡れ光っていた。

「わあ、すごいですね。どうしてこんなに濡れてるんですか？」

「いやよ、見ないで」

見られるのは初めてではないのに、まるで処女のように恥じらっている。こうしている間も華蜜が滲みだしており、尻の穴まで濡らしていた。

「いやらしい汁が、どんどん溢れてきますよ」

「お願いだから見ないで……うぅっ、恥ずかしい」

視姦（しかん）された恭子が、涙ぐんで声を震わせる。

前戯で感じさせられて、しとどの蜜で濡らしている自覚があるのだろう。自分で誘っておきながら、逆に翻弄されているのも屈辱に違いない。とにかく、彼女の性感がかなり高まっているのは間違いなかった。

「そろそろ、つづきをはじめましょうか」

浩介は彼女の膝の内側に唇を押し当てると、ゆっくり内腿へと滑らせる。柔らかい肌の感触を味わいながら、じわじわと股間に近づけていった。

「あっ……いや、もうやめて」

「心配しなくても大丈夫ですよ。俺は恭子さんを悦ばせたいだけなんです」

「ンンっ、そんなこと……」

柔肌を舐めると、内腿にぶるるっと震えが走る。敏感な反応に気をよくして、浩介は反対側の内腿にも吸いついた。

「たっぷり感じてください……むうっ」

「あンっ……も、もう充分だから……」

「まだまだこれからですよ。もっと気持ちよくしてあげますからね」

舌先を内腿の付け根のきわどい部分に到達させる。それでも、陰唇には決して触れないように、周囲だけをチロチロと舐めまわした。

「あっ……あっ……」

内腿の白い肌に、見るみる鳥肌がひろがっていく。恭子は羞恥に染まった顔を振りたくり、膝に力をこめて脚を閉じようとする。しかし、浩介が本気で押さえれば、彼女はまったく身動きがとれなくなった。

「ううっ、離して」

「そんなこと言って、本当はこういうのが好きなんですよね？」

浩介は内腿の付け根に手のひらをあてがうと、中心部をまじまじと見つめて息を吹きかけた。

「はンンっ……い、いや」

「今さら恥ずかしがらなくてもいいでしょう？」

「ああっ、し、しないで」

「こんなに濡らして、やっぱり興奮してるんじゃないですか。いやらしい匂いがしてますよ」

割れ目から漂ってくる発情した牝の香りが、ますます浩介を昂ぶらせる。またしてもペニスの先端から、とろみのあるカウパー汁が溢れだした。

（くっ……い、挿れたい……でも、まだダメだ）

浩介はペニスを突きこみたいのをこらえて、奥歯を強く食い縛った。

目の前では、濡れそぼった陰唇が物欲しそうに蠢いている。まるで自分の意志を持っているかのように、快楽という名の餌が与えられるのを待っていた。

「そんなに近くから……ンンっ、い、息がかかって……」

恭子が弱々しい声で訴えてくる。視姦されながら息を吹きかけられるだけで、下腹部が疼くのだろう。首を持ちあげて、切実な瞳を向けてきた。

「もっと刺激が欲しいってことですか？」

「ち、違うわ、誰もそんな――はああッ！」

否定しようとするが、浩介が陰唇を舐めあげたことで声が裏返った。

舌先でくすぐるようにスーッと触れただけで、熟れた女体は顕著な反応を示す。背骨が折れそうなほど仰け反り、陰唇がうねうねと波打った。

「あうぅッ……ま、待って……」

「すごいですね。やっぱり、ここが一番感じるんだ」

再び舌を這わせると、彼女は裸体を跳ねあげると同時によがり泣いた。

「ああッ、そこはダメぇっ」

新たな華蜜が溢れて、アナルのほうへと流れていく。すかさず舌先で水滴を掬いあげると、そのまま蟻の門渡りをくすぐった。

「やっ、ンンっ……そ、そんなところ……」

「じゃあ、どこがいいんですか？」

「もう……いやよ……はンンっ」

腰をもじつかせながら、恨みっぽい瞳で見おろしてきた。発情した横顔をスタンドの明かりがぼんやりと照らしている。恭子は全身を汗まみれにして、苦しげな呼吸を乱していた。

「浩介くんが、こんなに意地悪だったなんて」

「意地悪じゃないですよ。恭子さんを悦ばせたいだけなんです」

舌先を蟻の門渡りから陰唇に進めて、ゆっくりと這いあがらせる。表面をなぞるだけで強くは触れない。壊れ物を扱うようなソフトタッチで充血したクリトリスに辿り着くと、突端をやさしく舐めまわした。

「あンンッ、そこ……そこは……あッ……ああッ、いいっ」

内腿に小波のような震えが起こる。その震えが下腹部にひろがり、やがて全身へと伝播していく。いつしか大きな痙攣に変化して、痺れるような快感に呑みこまれそうになった。

「はああッ、そ、それ以上は……」

喘ぎ声が大きくなったところで、舌をすっと遠ざける。途端に喘ぎ声は収まり、寝室に静寂が訪れた。

「ハア……ハア……」

聞こえるのは彼女の息遣いだけだ。全力疾走した直後のように乱れており、やけに生々しく感じられた。

「ほ……解いて……」

恭子は縛られた両手を揺らし、気怠げな声で訴えてくる。性感を決壊寸前まで高められたせいで、瞳は膜を張ったように潤んでいた。

「いいんですか？　こんな中途半端な状態でやめても」

内腿を押し開き、陰唇に息を吹きかけながら囁きかける。生い茂る陰毛越しに、恭子の怯えたような顔が見えていた。

「も、もういいの……だから……」

「ところで、本当にバスガイドを辞めるんですか？」

浩介は今なら彼女を説得することできるかもしれないと思った。

「その話は……もう……はああッ！」

またしても恭子の喘ぎ声が迸る。不意を突くように濡れそぼった割れ目を舐めあげて、クリトリスにチュッと吸いついた。

「ひあッ、もうやめてぇっ」

「バスガイドをつづけてもらえませんか？　お願いです」

「あ、あとで聞くから……ひああッ」

彼女の言葉を無視して、陰唇を舐めあげては肉芽に口づけを繰り返す。刺激に慣れさせないよう、ときおり尖らせた舌を膣口にヌプッと埋めこんだ。

「あううッ、挿れないで……あッ、あッ」

恭子は涙を滲ませて懇願するが、愛蜜は次から次へと溢れている。身体が感じているのは明らかで、下腹部が艶めかしく波打ちはじめた。

「あッ……ああッ……おかしくなっちゃうっ」

「ここがいいんですね。もっと舐めてあげますよ」

硬くなった肉芽を重点的に責めたてる。舌先で掬いあげた華蜜を塗りたくり、ねろねろとしゃぶりつづけた。

「ああッ、ダ、ダメぇっ、あああああッ」

「イキそうなんですか？　もうイッちゃいそうなんですか？」

問いかけてはクリトリスに吸いつき、舌でしつこく転がしまくる。すると急に女体が力んで、猛烈に震えはじめた。

「はううッ、も、もうっ……もうっ」

絶頂が目前に迫っている。勃起した肉芽を、あとひと舐めしたら昇り詰めるかもしれない。しかし、浩介はそれをせずに口を離した。まだ焦らし抜くつもりだった。

「あぁ……」

恭子が落胆の声を漏らし、硬直していた身体が脱力する。直後にこらえきれないといった感じの嗚咽が溢れだした。

「うっ……うぅっ、ひどいわ……どうして」

絶頂を寸前で取りあげられて涙を流す。その間も華蜜と唾液にまみれた陰唇は、妖しげにウネウネと蠢いていた。

「どうしてもバスガイドをつづけてほしいんです」

「そんなの無理よ……ねえ、もう意地悪しないで」

一刻の猶予(ゆうよ)もならないといった様子で、刺激を求めて腰をよじらせる。それならばと試しに息を吹きかけてみると、触れてもいない陰唇から愛蜜がピュッ、ピュッと噴きだした。

「ああッ、いやっ、恥ずかしい」

手を拘束していなければ、自らの指でオナニーをはじめたかもしれない。それほどまでに彼女は欲情していた。

「もう我慢できないんでしょう？」

浩介は舌を伸ばすと、割れ目をそっと一度だけ舐めあげる。絶頂しないように、わずかな快感だけを送りこんだ。

「あああッ、本当にダメぇっ」

「なにがダメなんです？」

割れ目に息がかかるように問いかける。すると、彼女は腰をビクつかせて、涙を流しながら見おろしてきた。

「浩介くん、お願い……さ、最後まで……欲しいの」

ついに恭子の唇から、絶頂を求める言葉が放たれる。焦らし責めに屈した瞬間だった。浩介の忍耐力も限界に達しようとしていた。それでも、まだ絶頂を与えるわけにはいかなかった。

「イキたかったら、バスガイドをつづけるって約束してください」

「それは……」

「じゃあ、朝までこのままですよ」

彼女が頷くまで焦らし責めにかけるつもりだ。絶頂寸前まで追いあげては、おあずけすることを繰り返す。そうすれば、すでに女の悦びを知っており、しかもマゾっ気の強い恭子が耐えられるとは思えなかった。

「どうします？　俺は本気ですよ」

自分も限界だったが、懸命に涼しい顔を装って迫る。すると、彼女は観念したようにガクガクと頷いた。

「つ、つづけるわ、だから、もう……あああッ、浩介くんっ、わたしを——」

恭子の切なげなよがり泣きが響き渡る。

最後まで言い終わる前に、浩介は彼女の股間に顔を埋めていた。淫裂にむしゃぶりつき、濡れそぼった割れ目を舐めあげる。唇をぴったり密着させると、愛蜜をジュルルッと思いきり吸いあげた。

「ひああッ、ダメっ、そんな……はあああッ」

「うむむっ、恭子さんっ、はむううっ」

彼女の蜜を味わうことで、さらに興奮が加速する。クリトリスにしゃぶりつき、愛蜜と唾液を塗りたくりながら転がした。

「ああッ、そ、そこ……あああッ、い、いいっ」

恭子の喘ぎ声が急激に高まっていく。今度は途中でやめることなく、尖り勃った肉芽を一心不乱に舐めまわす。同時に両手を乳房に伸ばして、乳首をやさしく摘みあげた。

「あああッ、もうダメっ、あッ、あッ、も、もうっ」

「イキそうなんですね。イッていいですよっ」

女体が力むのがわかり、浩介は思いきりクリトリスを吸いあげる。乳首も刺激してやると、火照った女体にアクメの高波が押し寄せてきた。

「あああッ、いいっ、いいっ、イクっ、イッちゃううぅッ!」

恭子は背筋を思いきり反り返らせて絶叫する。それと同時に、股間から透明な汁がプシャアアアッと飛び散った。

「ひあぁッ、で、出ちゃうっ、あああッ、あぁあああッ！」

焦らし責めで限界まで高まっていたのだろう。潮まで噴きあげながら、激烈なオルガスムスに昇り詰める。淫らがましく腰を跳ねあげて、夫婦の寝室によがり泣きが響き渡った。

「うむっ、恭子さん……恭子さんっ」

浩介は顔面に潮を浴びながら、陰唇をしゃぶりつづける。異常なまでの興奮に襲われて、勃起の尖端からはカウパー汁がダラダラと流れていた。

4

「ゆ……許して……」

恭子が息も絶えだえに訴えてくる。

焦らし責めの後のクンニリングスで昇り詰めて、盛大に潮まで撒き散らした。すっかり脱力しており、身じろぎする気力もないらしい。両腕をベッドに縛りつけられた状態で、ただ静かに睫毛を伏せていた。

「お、俺……恭子さんっ」

浩介は目を血走らせながら、汗まみれの女体に覆い被さった。

彼女を焦らすことで、自分自身も激しく発情していた。すでにペニスは破裂寸前まで膨れあがり、睾丸のなかで精液が出口を求めて暴れまわっている。早く挿入したくて、雄叫(おたけ)びをあげたい気分だった。

「あっ……ま、待って」

亀頭を淫裂にあてがうと、恭子の虚ろな瞳に光が戻る。そして、驚きと怯えの入り混じった表情で見あげてきた。

「今はまだ……イッたばかりだから」

小声で告げると、恥ずかしそうに身をよじる。亀頭から逃れようとしているようだが、その動きがますます浩介の興奮を煽りたてた。

「む、無理だよ……俺、もう我慢できないんだ!」

両手を彼女の顔の横につき、体重を浴びせかけるようにしてペニスを一気に叩きこんだ。

「ああああッ! ダメぇっ」

絶頂直後に挿入されて、恭子の唇から悲鳴にも似たよがり泣きが迸る。強制的に送りこまれる快感に、眉が悩ましく歪んでいた。

「は、入った……くううッ」

根元までぴっちり嵌りこみ、潤みきった媚肉がペニス全体を包みこんでくる。生温かくて柔らかいのに、締まり具合は強烈だ。いきなり射精感がこみあげて暴発しそうになり、慌てて奥歯を食い縛った。

「し、締まってる……ううっ、すごい」

「ンンっ……浩介くんが、無理やりするから……」

恭子が拗ねたような瞳で見つめてくる。それでいながら、膣はしっかりペニスを締めつけていた。

「うむっ、絡みついてきますよ」

「そ、そんなこと……あンっ、動かないで」

腰をほんの少し引くだけで、彼女の唇から甘い声が溢れだす。抗議しながらも感じているのは明らかだ。浩介は遠慮することなく、ペニスの抜き差しを開始した。

「あッ……あッ……いやっ」

カリが膣壁を擦りあげると、女体が震えながら仰け反った。

口では「いや」と言っても、本気で嫌がっているわけではない。その証拠に膣襞が猛烈に絡みつき、吸引するように絞りあげてきた。

「くおッ、こ、これは……」

この調子だと、あっという間に追いこまれてしまう。それでも、もう腰の動きをとめられない。ペニスをスライドさせるほどに快感が高まり、頭のなかが沸騰したようになっていた。

「おおッ……おおおッ」

「う、動いちゃ……あああッ」

「恭子さんのなか、すごく熱いですっ」

「ああッ、ダメ、本当に……はああッ」

亀頭の先端で奥を突けば、絶頂の余韻が色濃く残る女体は瞬く間に燃えあがる。官能の炎に包まれて、全身をたまらなそうに震わせた。

「あッ、あッ、も、もう……ああッ、ベルトを解いて」

恭子は喘ぎながら懇願してくる。切なげな瞳で見あげて、男根をますます締めつけてきた。

「いいんですか、解いても」

しっかり抱き締めて腰を使うと、彼女の声が一段と大きくなる。だから、なおのことピストンに力がこもった。

「はああッ、奥ばっかり……あッ、ああッ」

「縛ったままのほうが興奮するんじゃないですか？」

「お願い……浩介くんを抱き締めて果てたいの」

熱い瞳で見つめられて、浩介はこっくりと頷いた。

両腕を拘束しているベルトを解くと、恭子はすぐさま浩介に抱きついてくる。両手を背中にまわして、恋人同士のような正常位で身体をぴったりと密着させてきた。そんな彼女の気持ちが嬉しくて、浩介も女体を抱く腕に力をこめていった。

「ああっ、浩介くん……突いて、いっぱい突いて」

「恭子さん……いきますよ」

耳もとで囁きかけて、奥を重点的に責めまくる。子宮口をコツコツと叩けば、途端に膣壁のうねりが激しくなり、猛烈な快感がひろがった。

「ううッ、き、気持ちいいっ……恭子さん、すごく締まってますよ」

「ああッ、い、いいわ、わたしも……あああッ、興奮しちゃうっ」

恭子は蕩けきった顔で叫ぶと、自ら腰をしゃくりあげた。結合をより深めるように、ピストンに合わせて股間を押しつけてくる。締まり具合も凄まじく、浩介の腰の動きも自然と速くなった。

「くおッ……お、俺、もうっ」

「はああッ、わたしも……ああッ、あああッ」

浩介の背中を強く抱き締めながら、恭子が艶めかしいよがり声を響かせる。両脚を浩介の腰に絡みつかせて、蜜壷をこれでもかと収縮させた。

「うおおおッ、締まるっ」

「はンンッ、奥まで……はああッ」

膣襞のうねりが激しくなる。ペニスが引きこまれて、亀頭の先端が行き止まりの部分を圧迫した。

「ふ、深いっ、あああッ、も、もうっ」

「うむッ、き、きついっ、ぬうううッ」

「あッ、あッ、もうっ、ああッ、もうイキそうっ」

彼女のよがり声が射精感を刺激する。いつしか息を合わせて腰を振りたくり、二人同時にアクメの急坂を駆けあがっていく。

「出しますよっ、恭子さんのなかに……おおおッ」

「あああッ、いいわ、出して、浩介くんのいっぱい出してぇっ」

恭子が絶叫すれば、浩介も全力で腰を叩きつける。ペニスを高速で抜き差しして、敏感な膣粘膜を擦りあげた。

「くおッ、で、出るっ、おおおッ、出る出るっ、ぬおおおおおッ！」

ついに膣奥でザーメンをしぶかせた直後、背中にまわされた彼女の両手と、腰に絡みついている両脚に力が入った。

「あああッ、い、いいっ、とけちゃう……わたしも、イクっ、イッちゃううッ！」

女体が大きく仰け反り、跳ねあがるようにビクビクと激しく痙攣する。子宮口に熱い粘液を浴びて、恭子もほぼ同時に昇り詰めた。

「そ、そんなに締められたら、ううッ、うむうううッ！」

腰の動きがとまらない。射精は延々とつづき、理性がどろりと蕩けていく。浩介は雄叫びをあげながら、ありったけのザーメンを注ぎこんだ。

「ああッ、すごいっ、まだ出てる、はあああッ、またイクっ、イクイクうううッ！」

恭子は連続して絶頂すると、気を失ったようにぐったりと脱力した。

浩介も体に力が入らず、彼女の上に覆い被さったまま動けない。二人は快楽の余韻のなか、しばらく無言で重なり合っていた。

朦朧としながら、どちらからともなく唇を寄せてキスをする。舌を深く絡ませると、心までひとつに溶け合うようだった。

（恭子さん……最高でした）

ますます想いは深まっていた。

彼女が振り向いてくれるかどうかはわからない。それでも、バスガイドをつづけると言ってくれた。それだけで充分満足だった。

エピローグ

恭子と最高の体験を味わった翌日、浩介が出勤すると、彼女は会社を辞めたと知らされた。

ショックを隠しながら、悶々とした気持ちで仕事をこなし、退社するとまっすぐ恭子のマンションに向かった。

ところが、何度インターフォンを鳴らしても応答がない。

不安になって管理人室に駆けこむと、恭子はすでに引っ越したという。それでも納得できずに食いさがると、管理人のおじさんは面倒だと思ったのか、合い鍵を使って部屋を見せてくれた。

愕然(がくぜん)として、その場にへたりこみそうになった。

荷物はすべて運び出されており、部屋はもぬけの殻になっていた。

(ウソだろ……バスガイドをつづけるって言ってたのに)

信じられなかった。

騙(だま)された気分だった。

バスガイドをつづけると約束した。身も心も蕩けるほど燃えあがった。それなのに、どうしてなにも言わずに消えてしまったのだろう。

やむにやまれぬ事情があったのかもしれない。それでも、「さよなら」くらいは言ってほしかった。

浩介の胸は悲しみでいっぱいになり、いつまでもぼんやりと恭子の部屋に立ち尽くしていた。


一ヵ月後——。

恭子がいなくなってから、浩介の心はなにをしても虚しいままだった。

ただ仕事には真面目に取り組んでいた。彼女のいない淋しさを埋めるように、運転手の仕事に没頭していた。

ある日、仕事を終えてアパートに帰ると、一通の封書が届いていた。

薄いピンク色の封筒を裏返した瞬間、心臓の鼓動が速くなった。そこには綺麗な文字で、『水樹恭子』と書かれていた。

ハサミを持つ手が震えて、なかなか封を開けることができなかった。手紙を取りだすと、瞬きするのも忘れて貪り読んだ。

『お元気ですか。突然あなたの前から消えてしまったこと、申し訳なく思っています』

その一文を読んだ瞬間、胸にこみあげてくるものがあった。

『浩介くんが「日本一のバスガイド」と言ってくれたおかげで決心がつきました。でも、やっぱりあの街には思い出が多すぎて……。別の街になってしまいましたが、約束どおりバスガイドをつづけています。やっぱりバスガイドの仕事はわたしの天職です。大変なこともありますが、毎日充実しています。辞めないでよかった。浩介くん、ありがとう』

簡単に近況が綴(つづ)られていた。

明るい文体から、幸せに過ごしていることが想像できる。会えないのは淋しいけれど、彼女が元気だとわかってほっとした。しかも、バスガイドをつづけているというのが嬉しかった。これまでの虚しかった気分が、晴れ渡っていくようだった。

手紙を封筒に戻そうとして、一葉の写真が同封されていることに気がついた。

(ん？　これは……)

どこかの高校の修学旅行の写真だ。

鮮やかな赤いジャケットとスカートに身を包んだバスガイド姿の恭子が、学生服の高校生たちに囲まれていた。

(俺もこんなふうに笑ってたのかな……)

浩介は自分が高校生だった頃に思いを馳せる。

ひとりのバスガイドとの出会いが、幼い頃からの夢だったバスの運転手を目指すきっかけとなった。

もう一度写真をまじまじと見つめている。恭子はあの頃と同じ、最高の笑顔を取り戻していた。


(了)

※本書は2013年7月に刊行された竹書房ラブロマン文庫『未亡人バスガイド』の新装版です。

＊本作品はフィクションです。作品内に登場する人名、地名、団体名等は実在のものとは関係ありません。

長編小説

みぼうじん
未亡人バスガイド<新装版>

はづきそうた
葉月奏太

2019年4月1日　初版第一刷発行

ブックデザイン……………………橋元浩明(sowhat.Inc.)

発行人……………………………………………後藤明信
発行所…………………………………………株式会社竹書房
〒102-0072　東京都千代田区飯田橋2－7－3
電話　03-3264-1576（代表）
03-3234-6301（編集）
http://www.takeshobo.co.jp
印刷・製本………………………………凸版印刷株式会社

■本書の無断複写・複製・転載を禁じます。
■定価はカバーに表示してあります。
■落丁・乱丁の場合は当社までお問い合わせ下さい。
ISBN978-4-8019-1814-6　C0193